紫图图书　出品

Mardi, j'ai soudain envie
de dire un peu d'amour et de manquer

[法] 阿尔贝·加缪 著　高牧 译

星期二，突然想说点爱、思念

四川文艺出版社

图书在版编目（CIP）数据

星期二，突然想说点爱、思念 /（法）阿尔贝·加缪
著；高牧译 . —— 成都：四川文艺出版社，2025. 6.
ISBN 978-7-5411-7314-1

Ⅰ . I565.65

中国国家版本馆 CIP 数据核字第 2025LP8401 号

XINGQIER, TURAN XIANG SHUO DIAN AI SINIAN

星期二，突然想说点爱、思念

阿尔贝·加缪 著

高牧 译

出 品 人　冯　静
责任编辑　朱　兰　蔡　曦
装帧设计　紫图图书 ZITO®
责任校对　段　敏

出版发行　四川文艺出版社（成都市锦江区三色路 238 号）
网　　址　www.scwys.com
电　　话　010-64360026-103（发行部）　028-86361781（编辑部）

印　　刷　艺堂印刷（天津）有限公司
成品尺寸　130mm×185mm　　　　开　本　32 开
印　　张　7.75　　　　　　　字　数　129 千字
版　　次　2025 年 6 月第一版　　印　次　2025 年 6 月第一次印刷
书　　号　ISBN 978-7-5411-7314-1
定　　价　59.90 元

阿尔贝·加缪
Albert Camus

　　《星期二，突然想说点爱、思念》，所精选情书，是阿尔贝·加缪在 1944 年至 1959 年间，与女演员玛丽亚·卡萨雷斯深沉而复杂的爱情写照，也是一部世间罕见的情感史诗，更是一部存在主义大师深刻独特的情感哲学；因此，这部情书，不再仅仅是一个爱情故事的附属品，而成为一部关于爱情、渴望、挣扎与存在的经典文本。

我在大地上，

追寻你飘忽的踪迹

任何时候，我感觉：
只有我们两个人，在这个世界的中心

　　好好照顾自己，保持微笑，不要让自己消沉下去。我希望你是快乐的。你还记得吗？那个晚上，你告诉我你很幸福，那一刻的你美得让我无法自拔。我不是那种擅长幻想中爱恋的人，但我懂得在真实的生命里发现爱。

1944年7月6日，星期四

　　每一天，我的心都像这片大海一样膨胀，充满了那份既痛苦又幸福的爱，我宁愿用我的一切去换取这份爱。你在我心中，如此温顺，如此被我珍视，就如同我自己一样，我已经无法停止对你的爱恋。将来，在那边，一切可能会更加艰难。但亲爱的，一切都将很快过去，新的相聚终会来临。

1949年7月5日，星期二

如此孤独，
我对一条狗解释了我们的事

　　两个人相爱，需要努力去守护他们的爱情，去共同构建他们的生活和情感，这不仅是与外部环境抗争，更是与自身中那些限制、削弱、阻碍或拖累他们的因素抗争。一段爱情，玛丽亚，不是从世界中掠夺而来的，而是从自身内部挣脱束缚而获得的。你懂的，你拥有一颗如此非凡的心，一定明白我们自身往往才是自己最可怕的敌人。

1944年7月21日，星期五

我总觉得，
离开你的方式不够好

　　无论如何，等春天我回去的时候，我绝对不会再接受任何形式的
离别。这是唯一能让我稍微感到平静的念头。

1950年1月5日，星期四

被大自然如此深爱着的身体，
是我的身体啊

　　中午时分，我去了后山散步。山上点缀着成片的橄榄树、松树和
乳香树，黄色的岩石和芬芳的山坡一路倾斜，延伸至天边，直至蔚蓝
的大海。有时，在山谷的低洼处，矮小的柏树和松树会形成一些散
发着阵阵幽香的小小"庇护所"。我便躺在那里，尽情地沐浴着阳光。
被大自然如此深爱着的身体，是我的身体啊。这种感觉如同有一束光
芒直射进我的内心深处，但同时也让我感到一丝淡淡的忧伤。我想起
了你。

1950年1月21日，星期六

有你在的地方，便是我的王国

目 录

SOMMAIRE

1944 年

1950 年

我从山上摘了一些百里香，

昨天特地寄给你。

那是此刻我呼吸中的气息。

星期二，突然想说点爱、思念

Mardi, j'ai soudain envie de dire un peu d'amour et de manquer

1944 年

唯一真正的明察，是追求幸福的意志

我刚刚读了你写的题词，我的爱人，此刻我的内心仿佛有什么在颤抖。我告诉自己，人有时会在冲动中写下这样的句子，并非全然投入其中。但同时，我也明白，如果不是真心流露，有些话你绝不会写出来。

玛丽亚，我感到无比幸福。这可能吗？我的内心颤抖着，充满近乎疯狂的喜悦。然而，幸福之中却夹杂着即将离别的苦涩和告别时你眼中的忧伤。从你那里得到的，总是幸福与不安交织的味道。如果你像写下的那样爱我，那么我们必须争取更多。现在是我们应该相爱的时光，我们必须坚定、持久，才能克服一切。

我不喜欢你今晚说的"清醒的看法"。当一个人有灵魂时，总会将让自己受挫的事情称作清醒，而将不利自己的事情视为真相。但这种清醒和其他任何事物一样，依然是盲目的。唯一真正的明察，是追求幸福的意志。我知道，无论幸福多么短暂、多么危机四伏或脆弱不堪，只要我们伸出手，它就在那里，等待着我们。

今晚我太疲惫了，无法对你诉说你让我拥有的这颗充盈的心。总有一些东西只属于我们，我总能在那里与你相会。此刻，我的心满溢着你。再见了，我的爱人。谢谢你写下的那些让我无比快乐的话语，也谢谢你那颗深爱的灵魂。我用尽全力吻你。

A. C.*

---

* A. C.，即阿尔贝·加缪名字 Albert Camus 的缩写。

如果这个世界的规则是由激情和生命来决定

亲爱的玛丽亚：

我刚回家，一点困意都没有，只想你在我身边。我坐到桌前，试图用这种方式与你说话。我真不敢告诉马塞尔·赫兰德 *，我一点都不想去喝他的香槟。而且你身边那么多人！我只想和你在一起。今晚我看着你，听到你的声音，这对我来说已是不可替代。我爱你，玛丽亚。

上马塞尔家的楼梯时，我看到一份剧本。我已无法再看这戏，因为每个字都让我想起你的声音。这是我和你"在一起"的方式。

我试着猜，你现在在做什么，然后问自己，为什么你不在这里呢？我心里想，如果这个世界

---

* 马塞尔·赫兰德（1897—1953），法国男演员，主演过《基督山伯爵》《花开骑士》《被侮辱与被迫害的人》等。

的规则由激情和生命来决定，那么明天你应该和我一起回家，然后我们一起结束这个夜晚。但我知道，这只是奢想。我们之间，还有其他东西横亘着。

至少，别忘了我。别在离开我之后把我抛在脑后。更别忘了那天我们在我家聊了很久的话。那天，我把最深的心意都告诉了你。我真的希望，我们可以像那天说的那样，彼此属于对方。别离开我。我不知道，如果没有你这张让我心神荡漾的脸庞，没有你的声音，没有你紧贴我的身体，我还能做什么。

今天我想和你说的并不是这些，而是你的存在。你的声音让我满心都是你。晚安，亲爱的。希望明天快点来，能让你更多属于我，而不是属于那该死的戏剧。我用尽全力拥抱你。

A. C.

我总觉得，离开你的方式不够好

亲爱的玛丽亚：

一路旅途顺利，没出什么意外*。我们早上七点二十分出发，开了两个小时的车，然后走了七公里，才绕过昨天被轰炸的调车场。到十一点才换上火车，又坐到中午。在莫城等了两个小时才等来下一班车。再换车四十五分钟，下午五点终于到了。我累得像条狗，但总算折腾完了。有人安排了个住处，一栋一九四〇年被轰炸过的房子，虽然有一翼损毁，但剩下的还能住。不过里面满是灰尘，我得花两天时间清理干净，好在有当地一位好心女士帮忙。

----

* 因为参与地下活动并负责《战斗报》，加缪感到自己受到威胁，不得不离开巴黎避难。他骑自行车并搭火车，前往哲学家布里斯·帕兰的家中避难。这趟旅程，加缪的同伴是加斯东·伽利玛的两位侄子皮埃尔和米歇尔，以及皮埃尔的妻子雅尼娜。

这里是个幽静的山谷，四周群山环绕，坡地上点缀着庄稼和中等高度的树木。空气中弥漫着清新的草香，时而传来潺潺的水流声。天光映照下，牛儿悠闲地啃食青草，孩子们的笑声与鸟鸣交织在一起，宛如一幅田园画卷。稍微往高处走，视野豁然开朗，高地上微风送来阵阵凉意，令人心旷神怡。村子不大，只有几户人家，居民们质朴而友好。我的住处隐藏在一个生机盎然的大花园里，园中种满了各种树木，还有几株晚季的玫瑰。房子倚着一座古老的教堂，而花园的高处则是一片阳光灿烂的草地，那里正是我晒太阳的好去处。

　　从周四晚上起，我每分每秒都在想着你。我总觉得，离开你的方式不够好，这样的离别，在这个充满不确定性、危险四伏的世界里，让我难以承受。我唯一的希望是你能来。如果能开车就开车来，这样更方便；如果不行，你得像我一样做这漫长的旅程。骑自行车也是个办法，到时候我可以去接你。别忘了你的承诺，我现在全靠它活着。

　　我觉得自己可以在这里找到一些平静。有几棵树，风声和河流，我或许能重新拥有那种早已失去的内心安宁。但如果要忍受你的缺席，只能追逐你的身影和记忆，那一切都无从谈起。我不打算沉浸在绝望里，也不会放任自己颓废。星期一开始，我一定会投入工作，这是毫无疑问的。但我需要你的帮助，我希望你能来，真的一定要来！

我们过去总是在激烈、焦灼甚至危险的情境下相遇并相爱。我从不后悔，那些日子让我觉得，这辈子已经值了。但我知道，还有另一种爱法，那是一种更隐秘、更和谐的圆满，同样美好。我也确定我们有能力拥有这种爱。而在这里，我们会有时间去实现它。不要忘了这个机会，亲爱的玛丽亚，请一定让我们抓住它。

我用全部的热情拥抱你。

米歇尔 *

---

* 加缪这一时期给玛丽亚的信多署名为米歇尔。

亲爱的玛丽亚：

　　刚收到你周一和周二写的信，正是时候。这两天我的状态简直一塌糊涂，感觉自己像只暴躁的狗，孤零零的，就连身边的人也觉得离我很远。我找借口躲在房间里，说是要工作，有时候确实在拼命写作，但更多时候只是来回踱步，一根接一根地抽烟。不，真的糟透了。虽然这片乡村风景很美，环境也很平静，可我的心却一点也平静不下来——也许它本来就从未平静过。

　　这片乡村景色如画：阳光洒在翠绿的田野间，远山的轮廓柔和起伏，田间小路蜿蜒，通向不知名的幽静之地。微风拂过，草丛中不时传来昆虫的低吟，偶有鸟儿从头顶掠过，留下清脆的鸣叫。然而，这一切的美好却无法平息我内心的波澜。

　　我觉得自己远离了一切，远离了作为一个人

我不是那种擅长在幻想中爱恋的人，但我懂得在真实的生命里发现爱

9

的责任，远离了我的职业，更远离了我所爱的人。这才是让我崩溃的原因。我一直盼着你能来，但听说要到下周了。好吧……哦，亲爱的，请不要以为我不理解你的处境。我知道你面对的一切比我的更难，我也相信你会尽全力做到最好。这段我们一起经历的艰难日子让我更加信任你。以前我常常怀疑，觉得这个爱情可能是自欺欺人。但最近，不知道发生了什么，也许是我们之间的一个眼神，一个瞬间，像一道闪电穿过我们之间的距离。现在，我能感受到那种坚不可摧的东西，把我们紧紧连在一起。所以，我满怀爱与信任地等待着你。

不过，我也确实是被这几个月的压力耗尽了精力，变得更加敏感了。本来能平静接受的事情，现在也变得难以忍受。不过，不管怎样，这种状态会过去的。

你信里带来的好消息让我很高兴。替我问候让和马塞尔，告诉他们我惦记着他们，并送上我的祝福。

知道你晒成了健康的古铜色，变得更加美丽，我也替你开心。好好照顾自己，保持微笑，不要让自己消沉下去。我希望你是快乐的。你还记得吗？那个晚上，你告诉我你很幸福，那一刻的你美得让我无法自拔。我不是那种擅长在幻想中爱恋的人，但我懂得在真实的生命里发现爱。从第一次见到你穿着戏服，站在我头顶上，对着某个虚无的情人说话的时候，我就明白了。

再见了，玛丽亚——美丽的、鲜活的玛丽亚。我会用全身心拥抱你。

米歇尔

或许，只有当你开始爱我的缺点与弱点时，才是对我真正的爱

亲爱的玛丽亚：

今晚我情不自禁地想向你倾诉，因为我心情沉重，一切都变得难以忍受。今天早上稍微工作了一阵，但下午完全没有动笔。仿佛我失去了所有的能量，忘记了自己该做的事情。有时候就是这样，几小时、几天、几周，手中的一切都像在自己眼前化为乌有。你也一定经历过这样的时刻。而我早就知道，这种让我想要逃避一切的状态最危险——它总让我想远离所有能帮助我的人和事。正因为如此，我想要靠近你。如果你在这里，一切都会变得简单得多。但今晚，我笃定你不会来。我感觉最近失去了所有，如果你远离我，那将是一片黑暗。我也几乎不敢抱希望能很快再见到你。

今晚，我不禁想问自己：你现在在做什么？你在哪里？你在想什么？我多希望能够确定你的想法和爱意。我偶尔会感到这份确定，但哪种爱又能永远让人安心呢？一个微笑、一个心动的瞬间，就足以让爱在某一刻消失——至少短暂地消失。毕竟，只需要一个让你喜欢的人对你微笑，就能让我的嫉妒心痛上一周。对此我能做的，除了接受、理解和等待，也别无他法。而我又何德何能，对一个人提出这样的要求呢？也许正因为我深知哪怕最坚韧的心，也可能会软弱，所以对离别和分离怀有深深的担忧。在这种愚蠢的分离中，我只能用影像和记忆去支撑那鲜活的爱，这实在让人痛苦。

其他人都已经睡下了。我仍在和你"共度"这个夜晚，但我的内心却像沙漠一样干涸。哦，亲爱的，什么时候那种生命的激情和呐喊才能回来呢？

我感到笨拙无比，就像胸膛里残存的这份无法宣泄的爱，压得我喘不过气，却又无法带来快乐。我觉得自己一无是处。原本我应该沉浸在正在创作的小说和那些人物中，但我只能隔着一层外壳去观察它们，草草地动笔，完全没有以往投入所爱的热情与强烈情感。

写到这里，我突然停下来意识到，这封信充满了抱怨。而你和我还有更重要的事情可做，不该沉溺在这些牢骚中。

人心干涸的时候，最好的办法就是沉默。你是当下唯一一个让我想倾诉这些事情的人，但这并不是倾诉的理由。当然，这也没什么坏处。你爱的是我最好的一面，也许这还算不上真正的爱。或许，只有当你开始爱我的缺点与弱点时，才是对我真正的爱。但这要多久呢？

在这个崩塌的世界、这个微不足道的个人命运中，我们仍然必须冒着不确定性和危险去爱，这是一件既可怕又伟大的事。只要见不到你的脸，我就无法得到片刻的平静。如果你不能来，我会耐心等待，但那将是充满痛苦和心灵干涸的等待。

晚安，既深沉又明亮的你。请尽力留在我身边，不要在意我的要求和坏脾气。生活对我来说如今并不容易。我有理由不开心。但如果你的上帝存在，他一定知道，为了再次感受到你的手抚过我的脸颊，我愿意付出一切。我从未停止过爱你，也从未停止过等待你——即使在荒凉的沙漠中。别忘了我。

米歇尔

自从周三之后，我便再也没有给你写过信。我的心一直像被一只冰冷的铁钳紧紧钳住，痛苦不堪。我试图做些事情，想要摆脱脑海中挥之不去的思绪，但一切都徒劳无功。整整两天，我都躺在床上，漫无目的地翻着书页，一支接一支地抽着烟，胡子也懒得刮，整个人毫无意志力——而我唯一能排遣这些情绪的方式，似乎只有周三写给你的那封信。我曾以为今天会收到你的回信。我不断地对自己说："她一定会回信的。她会找到一些话语，来抚平我内心这令人窒息的焦灼。"然而，你什么也没有写。

我想我最终还是不会寄出这封信。以我此刻的心情，或许根本不应该写信。但我无法阻止自己告诉你，一个多星期以来，我因为你的缺席而陷入了深深的痛苦之中。哦，我的小玛丽亚，我真的相

只有我们两个人，在这个世界的中心

信你没有真正理解。你没有明白，我是如何用我全部的热情、智慧和灵魂深深地爱着你的。你过去对我并不够了解。你曾提到过我的"玩世不恭"，那里面或许有几分真实。但那些都到哪里去了呢？

如果雅尼娜能读到我写给你的这些信，或者听到我在你对一切产生怀疑时对你说的话，她一定会大吃一惊。即便她知道我爱你，她也绝不会明白，更不会像你一样明白，我是以怎样一种近乎狂热的渴望和疯狂爱着你的。你或许没有意识到，我忽然将以往分散在各处、随意挥洒的热情，全部凝聚到了你一个人身上。而这股力量，最终演变成了一种近乎偏执的爱，它渴望拥有全部，甚至是不可能实现的东西，它或许会让你感到害怕。

我这一周一直被这样一个念头反复折磨：你并不爱我。因为爱一个人，不仅仅是说出口，甚至不仅仅是感受到爱，更要做出爱所驱使的行为。我深深地知道，这份爱足以驱使我跨越重洋、横穿大陆，只为与你相见。而你面前的障碍也几乎都被清除了，你只需迈出小小的一步。但我却无法遏制地想到——这个想法让我痛苦不堪——你缺少那种驱使你奔向我的炽热火焰。你是如此热情而富有魅力的玛丽亚，这火焰为何竟未能熊熊燃烧？

于是，你迟迟未至，让我的焦虑与日俱增。的确，你给我写过信——但你的信并没有比你写给其他人的更加特别。你也亲吻他们，对他们的称呼也与我别无二致。那么，我们之间的区别又在哪里呢？你本该不顾一切地来到我身边，将你的面庞紧贴着我的面庞，我们紧紧相拥，共同生活——只有我们两个人，仿佛置身于世界的中心，共度那些本可以成为我一生中最辉煌、最有意义的时光。然而，你并没有来。

如今，我返回巴黎的日子越来越近，而你仍然没有出现。你明白这对我来说意味着什么吗？玛丽亚，我挚爱的恋人，你真的明白吗？我将灵魂深处所有的渴望都倾注到了这份迅速滋长的爱恋之中，而此刻，它已经充斥了我生命的全部。一想到你对我怀有的仅仅的那一点爱，仅够让你给我写信，却不足以让你抛下一切，不足以让你对自己说，哪怕仅仅一个小时的相聚，也胜过在某个树林里虚度一天光阴，和一个我根本不认识的沙龙庸人在一起——这个想法便让我痛彻心扉。这一周以来，我的灵魂在疼痛，我的自尊也在疼痛，而我曾天真地以为，我的自尊早已交付于你。我曾设想过所有的可能性，构想过所有的计划。

过去的两三天，我甚至想过骑自行车回巴黎找你。想象一下，我曾对自己说："我早上六点出发，十一点就能将你拥入怀中。"光是这个念头，就足以让我双手颤抖不已。但如果你并不爱我，这一切又有什么意义呢？我也曾想过要放弃你，但我却无法想象没有你的生活。我想，这或许是我一生中第一次变得如此脆弱无助。所以，我不知道自己究竟该如何是好。可笑的是，我仍然在依赖着你。"她会给我写信的！"我一遍遍地这样告诉自己。但我向你发誓，这种感觉丝毫没有让我感到骄傲。

　　我带着这样复杂的心情，与三个同样心碎的人生活在一起。他们互相抱怨着，愚蠢地承受着痛苦，而我不得不倾听他们倾诉，尽力保护或安慰他们，同时还承担着所有无聊琐事的重担。真的，我只想把自己封闭在对你的爱的痛苦深渊中，独自承受这一切，保持沉默。

　　更糟糕的是，我竟然产生了嫉妒，愚蠢的嫉妒。我读着你的信，每当看到一个男人的名字，我的喉咙就会一阵干涩。你只和男人外出，这或许是正常的。这是你的生活，你的职业。但我需要的并非一份"正常"的爱，因为我整个人都被强烈的激情和内心的呐喊所支配。

你看，我把所有的一切都写在这里，毫无保留，坦诚相告。然而，即便如此，我仍然觉得，自己没有充分表达出内心的呐喊和热情。一周以来，我一直保持沉默，将这些复杂的情绪深深地压抑在心底，一遍又一遍地反复思量。我这个人，一生都在努力控制内心的阴影，如今却被这些阴影完全吞噬，与它们进行着无休止的搏斗。哦，玛丽亚，我亲爱的玛丽亚，你为什么要让我陷入如此痛苦的境地？你为何对我如此冷漠？

　　但我必须就此停笔了，不是吗？继续写下去也毫无意义了。或许此刻，当你读到这些字句时，你会感到厌倦，心想"反正最终还是要见他一面吧"。然而，这一切都已经不再重要了。几天前，如果你带着爱意奔向我，我定会因巨大的喜悦而焕然一新；但现在，我已不再抱有任何期待了。事实上，我甚至不知道自己还在期盼着什么。我深陷在这无边的痛苦之中，感到茫然无措，头脑昏沉。我感到非常痛苦，仅此而已，但这种痛苦却是如此的撕心裂肺。如此深沉的爱、如此强烈的渴求，以及我们两人之间那份脆弱的自尊，显然不可能带来任何美好的结果。

　　哦，玛丽亚，健忘的、令人心碎的玛丽亚，或许再也不会有人像我这样深爱过你。也许到了你生命的尽头，当你有机会进行比较、观察和领悟时，你会想起："再也没有人，绝没有人像他那样爱过我。"但即便如此，这一切又有什么意义呢？如果此刻，我们之间的爱无法产生共鸣，那么所有的一切都将毫无意义。而如果你无法以我所需要的方式来爱我，我又该如何是好呢？我并不需要你觉得我"迷人"或"体贴"，或者其他任何的赞美之词。我只需要你爱我，我向你发誓，这与那些赞美截然不同。

好了，这封信无论如何也写不完了。或许是因为我的情绪也似乎永远不会停止。请原谅我，我的小姑娘。我多么希望这一切都只是我的臆想——但我内心深处清楚地知道，它们是如此真实。我的心从未欺骗过我。我已经不知道该做什么，也不知道该说什么。当然，如果你现在就在这里……

但我很快就要离开了。这段分离对我们的爱来说，是一个可怕的陷阱。而你，已经深陷其中。而我呢，从未像现在这般无助，这般束手无策。我拥抱你，带着这些无处安放的泪水，它们几乎让我窒息。

阿尔贝

亲爱的玛丽亚：

我刚刚收到了你的来信。与此同时，你也将收到我写给你的信。没有人比我更了解你，但也没有人比我更强烈地抗拒失去你，或者因为我们的生活受到威胁和局限而放弃它。我一生都在拒绝屈服，始终坚持那些我认为至关重要的东西，并顽强地追求到底。如果我屈从于促使你写信的那种情绪，我早就放弃了这片土地—— 一片从未轻易给予我任何东西的土地，我所拥有的一切都来自努力和牺牲。而现在，你就在这里，我的心因温柔和激情而翻涌，我更不可能改变我的选择。

我很清楚，有些话我只需说出口就能摆脱困境。我只需转身背离那部分束缚着我的生活。但我不会说这些话，因为我做出了承诺，有些承诺是不能违背的，即使其中不包含爱情。更何况，在这些话语会剥夺另一个人机会的时刻——而这个人既无法捍卫自己的权利，也未能允许我这样做——说出这些话是懦弱的。我也知道，你不会向我提出这样的要求。我从未见过比你更慷慨的灵魂。但我必须把这些话说清楚，现在我已经说完了。

因此，问题依然存在。即便如此，我也不认为我们需要放弃任何东西——我不明白战争的结束怎么会意味着我们感情的终结。我再次重申，我从未经历过任何不受威胁或局限的事物。我只珍视创造、人类和爱。在这些方面，我始终会竭尽全力，直到最后一刻。我也知道，有人会说："不完美的感情宁可不要。"但我并不相信，这世上存在完美的感情或绝对圆满的生活。两个人相爱，需要努力去守护他们的爱情，去共同构建他们的生活和情感，这不仅是与外部环境抗争，更是与自身存在的那些因素——限制、削弱、阻碍和拖累他们的缺陷抗争。一段爱情，玛丽亚，不是从世界中掠夺而来的，而是从自身内部挣脱束缚而获得的。你懂的，你拥有一颗如此非凡的心，一定明白我们自身往往才是自己最可怕的敌人。

我不希望你离开我，不希望你沉溺于某种虚幻的放弃之中。我希望你留在我身边，与我一同经历我们爱情的每一个时刻，然后共同努力使它更加坚固，最终将它从生活的苦难中解脱出来。我向你保证，唯有如此才是高尚的，唯有如此才配得上我对你那份无可替代的感情。我不擅长表达悲伤，但当我想到你昨日带给我的喜悦，与今日我身处的这深深的不安和不幸形成了多么鲜明的对比……

但这又有什么关系呢？我已经学会了在这个世界上去爱那些不完美和残缺的事物。我向你保证，我不会放弃，我的意志坚定不移。我只是想把这些告诉你。你可以做任何你想做的事。但无论你做什么，我都不会忘记你。你在我心中的美好形象，永远不会从我的生命中消失。而且，无论发生什么，即便你最终离开了，我将永远遗憾自己做得不够好，没能让这个形象永远保持鲜活——因为我不知道如何在当下的真实之外找到意义和伟大。

从现在开始，我将等待你，我会一直等你，只要生活和爱对你我而言仍然有意义。但如果你曾有哪怕一次从灵魂深处爱过我，你应该明白，等待和孤独对我来说只能意味着绝望。

C.

请不要忘记那个爱你胜过爱自己生命的人。*

我刚才不得不停下来，因为泪水哽住了我的喉咙，让我几乎无法呼吸。请千万不要以为我对你怀有任何敌意。人的心中从未同时充盈过如此温柔与绝望的复杂情感。无论我看向何方，迎接我的都只有一片黑暗。无论是与你相守，还是与你分离，一切似乎都已注定走向失落。而没有你，我便失去了所有力量。我想，我甚至已经失去了继续活下去的意愿。我再也提不起任何力气去抗争——与外界抗争，与自身抗争——就像我从成年起便不曾停止过的那样。我现在仅存的力气，恐怕只够让我躺下来，背过身对着墙壁，默默地等待着什么。至于重新找回那种与疾病抗争，甚至比我的生命本身更加

———————

* 信纸抬头为《战斗报》。

24

强大的力量，我不知道那会在什么时候。

　　不过，请不要因此而感到惊慌。我想一切都会好起来的。因为有你的信，因为有我们之间的一切，更因为我始终对你怀抱着深深的信任，以及我那执着地希望你能幸福的强烈渴望。再见了，我的爱人。请不要忘记那个爱你胜过爱自己生命的人，也请不要因此而对我感到任何怨怼。

　　　　　　　　　　　　　　　　　　　阿尔贝

这个世界上永远有一个人，你可以随时向他倾诉

你很快就要来了，我将尽力以平静的心态，告诉你我最后想说的话，然后，一切都将告一段落。我不想我们在彼此疲惫而空洞的眼神中分别，更不想徒劳地试图在其中传递那些无法承受的重量。

昨夜，我无数次地问自己：你是否真的爱过我？还是这一切都只是一种表象，甚至连你自己都被部分地蒙蔽了？但从现在起，我不再追问这些了。我想谈论的是我们之间的一切，尤其是关于我自己。我会努力让弗朗辛幸福。* 从这段感情中抽离出来，我感到自己在各个方面都受到了严重的损耗。身体上，我比表现出来的更加虚弱；精神上，我感觉自己的心干涸、萎缩，失去了所有的热情与

---

* 在经历两年的被迫分离后，弗朗辛·加缪于 1944 年底离开奥兰，前往巴黎与丈夫团聚。加缪夫妇继续住在安德烈·纪德租给他们的巴黎第七区瓦诺路 1 号的工作室中。

渴望。我无意为自己索取任何东西。经历了这么多之后，我真的可以接受某种程度的放弃。即使在这样的境况中，我的爱依然会对你保持忠诚。

我内心最真挚、最本能的愿望是，在我之后，不再有任何男人触碰你。我知道这几乎是不可能的。我唯一能期盼的，是你不要轻易挥霍这份奇迹般的美好。只有在遇到真正值得你托付终身的人时，才将它全然交付。即便如此，我仍然希望，你能在心中为我保留一个特别的位置——那些珍贵的瞬间曾让我确信，我值得拥有那样的位置。这是一个渺茫的愿望，却是我仅存的微弱希望。

此刻，我心中只剩下无尽的绝望。整个上午，我都伴随着低烧和焦灼的焦虑，想着这一切的终结，这确确实实的终结，以及即将到来的寒冬——在那个我曾炽烈燃烧过的春天与夏天之后。哦，亲爱的玛丽亚，你是唯一一个让我流下如此多眼泪的人！从此以后，有那么多事物因此而失去意义！你曾给予我的那些无与伦比的快乐，会让未来我可能遇到的所有快乐都显得黯然失色。

我会尝试离开巴黎，去尽可能遥远的地方。有些人，有些街道，我再也无法面对。但无论将来发生什么，请你记住，这个世界上永远有一个人，你可以随时向他倾诉，或是回来寻找他。我曾经毫无保留地从心底深处将我的一切，包括我自己，都交付给了你。你将永远拥有它，直到我离开这个令我感到倦怠的、奇异的世界。我唯一的期盼是，有一天你能真正明白我曾多么深切地爱过你。

永别了，我亲爱的、亲爱的爱人。写下这些话语时，我的手在微微颤抖。请务必好好照顾自己，保持你自身的完整，不要忘记成为那个出色的你。想到今后所有没有你的日子，我的心便难以承受。但如果有一天，我得知你成为了一位伟大的艺术家，找到了与你自身相契合的道路，或者以你自己的方式获得了幸福，我相信，在那超越我个人的层面，我会感到由衷的欣慰。这样，我便可以稍稍安慰自己，这段不幸的爱情并没有让你因此而变得黯淡，而我也没有让你失去更多。这或许只是一个虚假的安慰，却是我此刻唯一的慰藉。

再次告别，我的爱人。愿我的爱永远庇护着你。我吻你，为那些没有你陪伴的漫长岁月而吻你。我吻你珍贵的面庞，带着我心中所有的痛苦和深深的爱意。

A.

1948 年

亲爱的，我在等你的信，也在等着你

　　我在这里已经待了六天，却仍然无法适应没有你的日子。我感觉自己曾在你身边度过了恍若梦境的几周，然后突然就被从你身旁扯开，猛然扔到法国的另一端。直到现在，我依旧感到茫然若失，几乎无法清醒地意识到这一切有多么荒谬。我唯一清楚的是，我不属于这里，我的归宿在我所爱的人身边。其他一切都是虚无或荒诞。

　　刚才散步时，我还在想，在没有你任何消息的日子里生活简直是愚蠢的。如果我们彼此相爱，就应该交流，彼此扶持，为对方而活。这才是真正的联结，无论我们身处何方，我们都会始终紧密相连，直至永远。所以，请写信给我吧，尽情地写，随时写，越多越好，越倾心越好。不要让我孤单，亲爱的。

　　人并非永远坚强，也并非总能超越自身的痛

苦，或许你并不这样认为。在我们感到最脆弱的时刻，唯一能拯救我们的，只有爱的力量。远隔千里，我都能感受到你在我心中的分量，却无法想象你的感受。告诉我吧，告诉我你正在做什么，你的感受如何，你这一周过得怎么样。

我曾犹豫是否该请求你写信，因为我不想给你增加负担，不想让你觉得我在等待，觉得你必须给我写信。但最终我明白了，你只会在想写的时候才写。那么，为什么不让我稍稍抱有一丝期待呢？写吧，快点写，用你全部的心意，告诉我你生活中的点点滴滴，帮助我去想象你的一天。你是深色头发吗？你那美得令人窒息的头发是怎样梳理的呢？

自从来到这里，我一直在努力表达自己，却找不到合适的词语。我也清楚，我写得并不好。但我唯一的愿望就是能像过去那样，安静地坐在你身边，或者在清晨醒来时，看到你仍在沉睡，然后静静地凝视着你，等待你醒来。那时，我亲爱的，才是真正的幸福！而我仍在等待那一刻的到来。

现在，日子一天天地流逝。我早早起床，沐浴阳光，工作一个上午，然后吃午饭，午后读书，下午继续工作，傍晚和帕特一起散步。帕特是我新交的朋友，一条老狗，我们一起走在干枯的山丘上，山丘上铺满了细小的白色蜗牛壳，夕阳的余晖如梦似幻。晚上，我会继续工作一会儿，然后早早上床睡觉，总算能够安然入眠。结果，我的脸色也变得好看了些，晒黑了一些，也焕发了一些青春。也许，这样的我会让你更加喜欢。

　　这里是一栋很大的房子，位于乡间。村庄离这里有两公里远。这里有美丽的树木——柏树和橄榄树，以及美得令人窒息的田园风光。周围的一切都充满了美，我无时无刻不在想着你。我是否告诉过你，这里是彼得拉克和劳拉的故乡？ * "等她出现时，我便心满意足！"而现在，轮到我感受到这份渴望了。

　　刚才，夜空中布满了流星。因为你，我变得有些迷信了。我将一些愿望寄托在那些流星上，它们划过夜空，消失在无垠的星空中。希望这些愿望像雨点般洒落在你美丽的脸上，如果你今晚抬头仰望星空。愿那些密集的雨滴向你诉说，诉说火焰般的热烈、寒冰般的思念、利箭般的渴盼，以及天鹅

---

* 彼得拉克（1304—1374），来自佛罗伦萨的流亡家庭，曾在枫丹 - 德 - 沃克吕兹（当时叫沃克吕兹）居住多年，那里位于索尔格河畔，离索尔格岛七公里。在阿维尼翁，他遇到了自己的灵感缪斯劳拉。

绒般的温柔。愿它们向你倾诉爱意，让你继续坚守，不要离开，直到我归来。即便你已沉睡，也请记住我这颗为你跳动的心。而我终将再次将你唤醒……

再见了，亲爱的，我在等你的信，也在等着你。请保重自己，也请保重我们。

C.

沃克吕兹索尔格河畔利勒镇帕勒梅庄园

我摘下山中的百里香寄你，这是我每天呼吸的气味

亲爱的：

晚上回来时收到了你的信，很高兴。昨天我去沃克吕兹山区度过了一天，那里是一个荒凉的高原，热得让人发烫，周围满是蝉鸣和干枯的灌木丛。回来时，我想着或许你的信已经在等我了（邮递员大约中午送来）。我先在一大堆信件中翻找，没有找到。正当我大感失望时，却在书房发现了我等待的东西。

我原本习惯了你那潦草的笔画。然而，这次展现在我眼前的，却是更为工整、紧凑的字迹，贯穿整封信，带着一种坚定的力量。我的心不由得加速跳动起来。在这静谧的书房里，只有夜的声音从窗外传来，我一口气读完了它。我的心绪时而停滞，时而又与你的心跳同频共振，那样的强烈、温暖，充满了深深的喜悦。

34

起初，我迫切地想立刻给你回信，想要解释一些我无法理解的地方，那些内容让我内心有些不安。但今天早上，我意识到不应该通过书信来解决这些问题。等我们见面时，我要在你面前重新读一遍这些文字，像高中时代那样，逐字逐句地向你请教。整个夜晚，我都在你写给我的信中辗转反侧，最终留下的，是深深的、如释重负的、充满感激的喜悦。我的爱……

但至少，我想先回应你一件事，一件我力所能及的事。你说，因为我向你敞开心扉，讲述了我生命中那些曾让你觉得是禁忌的部分，你感到非常高兴。亲爱的，我要告诉你，我心中没有任何围墙，也没有什么秘密花园，只有为你敞开的每一扇门。我把钥匙交给你。

如果我之前没有提及，那有两个原因。首先，那段过往太过沉重，我不想将那些负累带给你。而且，在表面上看，谈论这些事情似乎有些不合时宜，甚至显得不够体面。但那天晚上，我终于明白，我可以在你面前坦诚一切，这种坦诚让我感到无比的自由。

第二个原因则与你有关。我曾害怕这会让你感到痛苦，或许你更希望我们永远不要触及这些话题。对可能给你带来的伤害和冒犯的担忧，至今仍未完全消散。只有你能让我彻底摆脱这种忧虑。等我们见面时，我会把这一切都详细地告诉你，如果可以的话，我会比那天晚上更加冷静。我希望在你面前没有任何模糊不清的东西，我希望你能完全了解我，坦诚相待，并完全信任我，依靠我的一切。无论将来发生什么，只要你需要，我都会在你身边。

我非常担心：你信中提到的关于你父亲的事情，这让我为你忧心忡忡。这是否与他难以适应新环境有关？我多么希望是这样。无论如何，请务必告诉我他的情况是否有所好转，千万不要忘记。我真的很担心。

我也对自己感到非常懊恼，懊恼于自己没有安排好，让你这些天没有收到我的消息。我深知那种感受。昨晚以来，我的内心充满了喜悦，但同时也意识到，我之前的日子也正陷于某种低落的情绪中，而我竟然无意中也让你承受了同样的感受，这让我感到内疚，我本应该让你感受到我一直都在你身边，陪伴你思考。我是多么希望能够帮助你，正如你所要求的，虽然很多事情（比如摆脱世俗的束缚）最终还是要靠你自己。但在此时此刻，不让你感到孤单，应该是我最在意的事情。

别忘了让安吉拉帮你转发信件。应该还有一封信寄到沃吉拉尔路 *（那是感谢你送我精美礼物的信。给米歇尔的快速回复只是确认收到的方式，因为我同时也写信给你了）。

这封信写得有些长了。我还会回复你信中提到的其他问题。此刻，我接受你提出的处理方式。我会写信告诉你，让你把后续的内容发给我。我们将按照每五十小时走完七十小时路程的步伐前进。但请记住，我对你的需要，是毋庸置疑的。

我此刻也在想着你，想着你那充满活力的身躯。你那如同三桅船般的气质，你那像索具般交错的黑色发丝。你看，我又开始描绘你了。但当我写下这些文字时，我的内心却融化了，仿佛沉浸在一片温柔的海洋中。亲爱的玛丽亚，我的爱人，确实如此，语言重新焕发了它的意义，生活本身也是。如果能有你的双手放在我的肩上，那该有多好……

亲爱的，不久后见。九月就要来临了，那是巴黎的春天，

---

* 1936 年，玛丽亚和格洛丽亚·卡萨雷斯抵达巴黎后，住在沃吉拉尔路 148 号巴黎 - 纽约酒店附楼。之后大约在 1940 年，她们搬到了沃吉拉尔路 148 号的公寓。

我们将是这座城市的国王，秘密而幸福的国王，怀抱着满心的喜悦，只要你依然愿意。再见，我的黑色女王，我全心全意地亲吻你。

A.

我从山上摘了一些百里香，昨天特地寄给你。那是此刻我呼吸的气味。

星期六，靠近你的信稍作休憩

今天是刮着米斯特拉尔风＊的日子。它席卷一切，将天空和田野都洗涤一新。狂风吹弯了树木和葡萄藤。我只是出去了一小会儿，就差点喘不过气来。我喜欢这种风，但最终还是回到了房间，靠近你的信，稍作休憩。亲爱的，自从收到你的来信，一种奇妙的温柔便始终萦绕着我。或许我错了，或许此刻你感到冷漠而遥远，但透过你的信，我感受到你如此亲近、如此温柔，以至于我一直沉浸在这种惊讶与幸福之中。

这些没有你的日子里，我不由自主地将你想象得十分遥远，甚至觉得你我之间横亘着某种隔阂，这让我内心一直怀揣着一丝隐隐的悲伤。正因

＊　法国南部及地中海上干寒而强烈的西北风或北风。

如此，我多么希望在收到这封信后，你能再次给我写信。如果我没算错的话，距离你上次寄信已经过去一周了。考虑到这一周的沉默，或许你会觉得我理应再次收到你的来信，以及你想要表达的一切。

这里的生活就像小溪，依旧缓慢流淌着，日复一日，大同小异。我开始了新的剧本创作（《绳索》*，这个标题还不错吧？）。我把剧中人物的照片贴在墙上，再次研读了他们的故事。多么引人入胜的情节啊！若没有一颗高尚的心灵，真怕会辜负了他们。想到这部剧本可能会成就一部多么伟大而"真实"的作品，我就感到一阵焦虑，觉得自己或许力不从心。然而，我又转念一想，我或许可以借此题材写出我最优秀的作品。如果我拥有那样的天赋，那该有多好！一切都会变得如此简单。

我又重读了你的信。每当无事可做，也提不起兴致做事时，我就只能倚靠着一支接一支地抽着烟，眺望着吕贝隆山，不像你那样聪明而有节制。我的心境也不像你那般澄澈。我

---

* 《绳索》，即后来加缪的剧作《正义者》原拟的标题。

通常睡得很早，作息基本恢复了正常。但自从有了那支过滤式烟斗，我觉得我可以抽得更多了，因为它能减轻我的不适。于是，我一边抽着烟，一边凝望着远处的山峦，直到夜幕降临。我一直在想着你。那份思念如潮水般涌上心头。我爱你，爱得如此深沉，爱到灵魂深处。我怀着决心和坚定在等你，确信我们能够获得幸福，我决心竭尽全力帮助你，让你重拾对自己的信心。而你，只需要稍稍给我一点回应，就足以让我拥有移山填海的力量。

风势更猛烈了。你听到的声音就像一条巨大的河流在天空中奔腾咆哮。哦，如果你此刻在这里，我们就能一起去散步了！（夜幕降临）你总是把我与城市生活联系在一起，但我并非那种喜欢躲藏在地窖里，或追求奢华的男人。我向往偏远的农场、空旷的房间、简朴的生活和真实的工作。如果我能那样生活，我会变得更好，但没有你的帮助，我无法做到。所以，我必须接受这个现实，你也必须带着我的这些缺点来爱我，我们继续在巴黎"称王称霸"。但我们一定要去阿尔卑斯山待上八天，去那最荒凉的地方，去感受那刺骨的寒意——甚至连雪都觉得寒冷的地方。在那里，我将紧紧地拥你入怀，我的爱人……我幻想着暴风雪的夜晚。真希望那一天早点到来！我已迫不及待地想要亲吻你，带着这狂风般的力量，永不停息的力量。

A.

1948 年 8 月 15 日，星期天

玛丽亚，生日快乐！今天的天气真是好极了。真是适合升天的晴朗天空。你可以在这里飞升，周围环绕着充满爱意的棕色天使，沐浴在清晨的光辉中。而我将向你致以敬意，我的胜利者……

亲爱的，我终于收到了你的信，这封信带给我无与伦比的喜悦。从你寄出第一封信到收到这封信，这些日子过得实在漫长，我感到焦躁不安，有些失魂落魄。

昨天，我驾车在阿尔皮耶山中兜了一大圈。傍晚时分，这片土地的美丽令人心碎。整整一天，我都在四处寻觅你的踪迹，在眼前的任何事物中找寻你。虽然有些盲目，但内心始终被对你深深的渴望所驱使。我挚爱的大地就在这里，而我挚爱的人却远在千里之外。随着时光流逝，我感到越来越迷茫，当夜幕降临，黑暗吞噬了橄榄树和柏树覆盖的山坡时，我陷入了深深的悲伤。我带着这份悲伤回到了家，有些想法最好还是不要告诉你。

今天早上，你的信将我从那深渊中拉了出来。每次你对我说你爱我，我都感到无比的激动，仿佛

我在眼前的任何事物中找你

43

整个世界都在我面前崩塌了。但即便如此，我仍然从你的话语中找到了深深的信服。是的，的确如此，我们比以往任何时候都更加靠近，也许更加真诚，更加深刻。我们曾经都太年轻（你看，我也是如此），但我们还未老到无法从我们所经历的一切中汲取养分：这真是太美好了。

现在，我将按顺序回复你在信中提到的事情：

首先，不必为你的西班牙语文本感到担忧。我们对你的要求仅此而已。它简洁、庄重而又饱含温情。为了让你安心，我已经简单地翻译了一遍，你会发现它带有一些《战斗报》的风格。

其次，你是怎么被热拉尔、纳纳尔·库西、记者们以及保罗·拉菲找到的？

第三，至于保罗，他的事情让我有些不安。一个人不应该把自己置于那样的境地。但我不能完全责怪他。他才华横溢，却因为一种荒谬的自卑情结，而白白浪费了这些天赋。他的个人生活在我看来是一场彻头彻尾的失败。正因如此，他做了那些敏感而脆弱的男人常做的事情：将自己的热情寄托在遥不可及的对象身上，以此来避免重新开始并再次面临失败的风险。文学成为他倾注于你情感的一部分：冷静地想一想，他从未认为自己有机会得到你，而这恰恰是他幻想得以维系的根基。但当一个像他这样年纪和阅历的人，沉溺于文学幻想时，无疑会让他感觉到内心的痛苦。如果他真的如此痛苦，那他最终是值得同情的，至少在我看来是这样。至于你，情况则有所不同，我理解你的焦虑。不过，不要因此过多地自责。如果我没有判断错的话，你对他说的话：什么也没有真正教给他，也不会让他就此气馁。就说到这里吧。

第四，我会把修改后的剧本 * 发给你。我已经寄到巴黎去打印了。事实上，我曾加入了一个章节，但最终又放弃了。我只是把法官的那场戏融入了剧本的其他部分，并使用了你的角色。这为你增加了一些台词，也使其他部分看起来更加合理。我还做了一些与你角色无关的补充，等你有时间我会给你看的。但此刻，我对所做的一切都感到有些厌倦，尤其是《绳索》（暂定名）。幸运的是，你找到了帮助我的方法。在这种情况下，你的建议鼓励我给埃贝托写信，告诉他我还不确定是否已经准备好。这样我就能有更多的时间，或许也

* 即剧本《戒严》，玛丽亚在剧中扮演法官的女儿维多利亚。

能积攒足够的力量，把这个剧本写到我想要的水平。谢谢你，亲爱的。

第五，我将于十号开车返回，大约十一号（除非路上出现意外）到达巴黎。如果你想让我去吉维尼或普雷萨尼找你，请告诉我。否则，我们就在巴黎见面吧：我到时会打电话给你，告诉你我们在哪里见面。你可能没有时间处理舍夫勒的沙龙事务，但我们可以暂时在那里落脚（写下这些话时，我的太阳穴在跳动）。当然，一切都由你安排。有你在的地方，便是我的王国。即便只是装饰着四面墙壁，我仍然能够感受到你的气息。

第六，我很高兴你正在读《乡村神父》。这是我最喜欢的巴尔扎克作品之一：真正伟大的作品。至于《雷兹》，你的话引发了我的思考。我很早以前就读过这本书，当时我喜欢其中的虚伪和冷酷的智慧。但最终，我意识到他是一个内心卑劣的人。可是，当看到你如此直率的反应，让我就想要重读一遍。或许他真的是一个失败者！这也有可能。海明威？你看，那才是你该读的作品。为什么要把时间浪费在那些毫无天赋的骗子身上呢？

我把最后一件不忍对你说的事情留到了现在。这里的夜晚很温暖，有时我站在窗前，呼吸着空气，平复我那过于急促的呼吸。我多么希望我们能在同一时刻醒来，即便相隔千山万水，彼此的渴望也能将我们紧紧相连。没有什么比我对你的渴望更美好、更强烈、更温柔……但我不得不就此停笔了。已经很晚了，晚安。再次衷心地感谢你带给我的喜悦和你的爱。很快，很快，我的野性、我的美丽……我多么渴望亲吻你！

A.

玛丽亚·卡萨雷斯西班牙语文本的翻译

"我向那些从我们流亡的第一天起，就给予我们兄弟般的同情、热情的接待，以及给予我们切实而主动的帮助者致以敬意。我再次向他们呼吁，提醒他们一切尚未结束。虽然西班牙战争对某些人来说，可能是一个被遗忘、已过时的话题，但它所造成的受害者——包括男人、女人、老人、孩子，以及其他的流亡者——仍然是一个残酷的现实。今天，世界上无数的灾难如此严重，数量如此之多，发展如此之快，以至于任何试图关注其中一项甚至几项灾难的人，都会无力顾及其他一切。我们的责任是不懈地强化我们不遗忘的决心，始终清晰地铭记我们曾目睹的伟大壮举和经历的不幸遭遇。

"不要忘记！不要忘记，我在此请求你们支持的人们，是最早投身并继续为尚未结束的自由之战而奋斗的人们。不要忘记，他们今天需要我们的帮助，因为他们选择了流亡的苦难和屈辱，而不是在自己国家暴政的统治下屈服。

"不要忘记，战斗仍在继续，尽管是以一种消极的方式进行着，每个人都或多或少地牺牲了自己本应享有的幸福、和平与福祉，只是为了不堕落，不失去作为自由人的尊严，无论是对世界还是对自己。

"因此，帮助他们，支持他们所付出的巨大努力，帮助他们在精神上和物质上继续生存下去，以各种方式帮助他们活下去。永远不要忘记。"

夜深了。我放下手中的工作，迫不及待地想给你写信。我的心中涌动着太多思绪，我多想今晚能将它们一一倾诉给你，亲爱的，就像我们依偎在一起，静谧的夜晚只属于我们，我们可以进行一次漫长的谈话。我从未，或者说很少，与你谈论过我的工作。事实上，我几乎从未与任何人真正深入地谈论过。没有人真正了解我内心深处的追求。即便如此，我怀揣着一些宏大的构想。它们如此浩瀚，以至于有时让我感到眩晕。在这里，我无法详尽地告诉你这一切。但如果你想听，我会毫无保留地告诉你。不过，现在我可以透露的是，我正在创作的这部剧本，以及之后将要完成的那篇论文，标志着我创作生涯中一个阶段的结束 *。这个阶段的重心

原谅我的笨拙，我弄丢了钢笔，现在这支不太好用

---

* 指加缪创作的两个与荒诞和反抗相关的作品，《正义者》是第二个。

49

是磨炼我的技艺，尤其是为未来的创作铺平道路。

自《局外人》问世以来，将近十年光阴匆匆流逝。按照我最初的设想，这一切本应在五年内完成。然而，战争，尤其是我个人的生活变故，耽误了进程。几个月后，我将开启一个全新的创作周期，那将是一个更加自由、更加不受拘束，也更加重要的阶段。如果我继续以过去的速度工作，恐怕需要两辈子才能完成我想做的事情（当然，这些并非都是已成定局的计划，别担心，我指的是创作的主题和大致方向）。

幸运的是，这个新的开始几乎与我们相遇的时刻不谋而合。此刻，我感到前所未有的充满力量和活力。那种充盈着我的、庄严而欣悦的情感，足以撼动整个世界。你也许不知道，你已经在不经意间帮助了我。如果你知道，你一定会做得更多。在这一点上，我真的需要你的支持。而今晚，这种需要变得如此迫切，以至于我觉得必须告诉你。只要你坚定地与我同行，与我心心相印，我相信自己就能毫无阻碍地完成心中所想的一切。我渴望那种创造力，那是推动我前进的唯一动力……只有它，才能引领我抵达我渴望到达的彼岸。亲爱的，你是否能理解？理解我今晚为何如此心潮澎湃，以及你在我心中占据着怎样的地位。

也许我不该这样直白地写下这些未经深思熟虑的话语，它们或许显得有些笨拙。但或许你能体会我想要表达的真意。谁不渴望拥有不同凡响的人生呢！归根结底，我是一个作家。我必须和你分享我内心的这一部分，它现在也属于你，如同我的一切都属于你一样。

我本应更详尽地告诉你这些。但我们以后还有机会详谈。在那之前，请继续给我写信。我已迫不及待地想要见到你，对九月十日的期盼几乎让我窒息，就像一条离开水的鱼，张着嘴，无法呼吸。我渴望那股浪潮的来临，渴望你发丝间散发的夜的芬芳和海水的气息。如果我能读到你的来信，或者仅仅是想象着你……你还爱我吗？你还在等着我吗？再等十五天。你将会以怎样的面容出现在我面前呢？而我，也许会情不自禁地微笑，让所有的情感都自然流露。

写信吧，写信吧，我在这里等你，我爱你，我亲吻你。

A.

1948 年 8 月 25 日，星期三

今天早上我又读了一遍昨晚写的信。那些是夜间的情绪，总是显得过于强烈。我之所以还是决定寄给你，是为了遵守我们之间的约定。但现在，以清晨更为清醒和谦逊的心情再次审视，我有了更深的理解。我意识到，我在你身上找到了我曾经失去的生命源泉。人们常常需要另一个人才能找到自我存在的意义。这通常是事实。而我，则需要你，才能超越自我，成就更好的自己。这就是我昨晚想要表达的，带着爱情的笨拙和直率。请原谅我的笨拙。我弄丢了钢笔，现在用的这支不太好用。

收到你的来信，得知你一切安好，我感到无比欣慰！谢谢你，我的挚爱。在这些杳无音信的日子里，尽管心中难免涌起一些疑虑，但只要听到你的一句话，想象你声音的回响，确信你依然安好，所有的忧虑便瞬间烟消云散，取而代之的是内心的平静。

我的身体也已康复，并积蓄了新的力量。我们终于可以真正地生活了：去爱，去创造，终于可以共同燃烧生命的热情。是的，我的期盼愈发急切，也愈发紧张。我依然是那个我，早已习惯了逆流而上，等待着寻觅到那股能够托举我的涌流，重新寻回我的呼吸和力量。我在等待那股浪潮的到来。

我很高兴你决定和你的父亲谈谈。我能想象这对他是多么重要，我最不愿做的就是伤害他或让

只有十天，就像一片大海要喝干

他难过。但既然我们彼此相爱，既然我们已如此坚定地决定要共同谱写这段爱情，那么最重要的就是坦诚相待，绝不欺骗他。我做不到对他撒谎。我对他充满了尊重和敬意，对他撒谎会让我感到无比的不安。事实上，我相信，如果我能真心诚意地与他交谈，很多事情他会更容易接受。但你告诉我无须这样做，而且你比我更了解他。所以，在这件事上，我会尊重你的意愿，保持沉默。然而，一想到他已经知晓这一切，我便感到一丝释然。或许随着时间的推移，他会明白，我所做的一切，只是为了给你他所期盼的那种未来。我们都爱你，远远胜过爱我们自己。我过去曾通过放弃你来证明这一点。而现在，我知道，我通过坚持这份爱来再次证明了这一点。无论如何，我爱你，爱之深切，以至于我无法不接受他的一切。而他，也只会在他自己愿意的时候才会真正地了解我。

明天我将把《审判》（这是我暂定的标题）的修改稿寄给你。我需要再仔细检查一遍，并标明新增部分的具体位置。我将再次听到你的声音！通过你的口述，我将再次听到自己的声音，就像过去那样。这两年来，我每次路过马修兰修道院，心中都会涌起难以言喻的复杂情感。那里曾是我经历过的最深刻、最纯粹的喜悦的源泉。正因如此，即使在我最怨恨你的时候，我也从未停止对你的深深感激。

最近我经常去游泳。遗憾的是，现在我几乎游不了了。但我已经学会接受这个事实，尽管不久前我还为此感到非常沮丧。也许通过锻炼……冬天我们应该一起去游泳池游泳。

是的，我们会有时间去彼此凝视、去彼此寻觅、去彼此了解。而且，我们也会拥有其他那样的时刻，不是吗？那些激情澎湃的时刻，幸福如雨般倾泻的时刻，爱意炽热如火的时刻……今晚的夜空温柔静谧，繁星点点。亲爱的，晚安！再过十个这样的夜晚，分别的日子就将结束。我提前送上我的亲吻，带着这十个夜晚积累的爱意，从我心底深深地献给你。

A.

你大约会在二号收到这封信。请在三号或四号回信。我会在六号或七号收到你的来信（也是最后一封）。千万不要错过。只有十天了，就像一片大海就要喝干。

失去你，就是失去我自己

　　糟糕的一天。我今早到达，整夜未曾入睡。飞机穿越星空，缓慢飞行。飞越巴利阿里群岛时，海面上布满了星星。我在想你。整整一天，我都在一家诊所里，照料一位年迈的妇人，她不知道自己离死亡有多么近。* 幸运的是，我母亲在她身边，她通过善良和漠然超脱了一切（正是她让我明白，这两者是可以和谐共存的）。今晚，我想在城市里走走，像往常一样，九点以后街道空无一人。然后是一场短暂而猛烈的雨。在这座荒凉的城市里，我有种置身于世界尽头的感觉。然而，这里是我的城市。当我回到酒店房间时，我突然有种奇怪的感觉，仿佛你就在那里，某种伟大的事情终于要开

----

* 阿尔贝·加缪此行是前往阿尔及利亚，他的婶婶安托瓦内特·阿考特在当地做手术。

始。但房间空无一人，我只得开始写信给你。

从昨天起你一直没有离开我的思绪，我从未如此强烈地爱过你，在那片夜空中，在机场的小清晨，在这座我如今成了陌生人的城市，在港口的雨中……失去你，就是失去我自己，这就是我想大声告诉你的答案，因为你曾问过我。

但我得休息了，我困得要命。至少，我想把整整一天充满你的思绪送给你。我将在这里待到下次手术，大约十天后。写信给我，别让我一个人。曾有一段时间，我被一些不好的念头追赶，某些时刻我感到沮丧。哦，我亲爱的，我多么需要你。然而，也有一种长久的温柔，像今晚这样，困倦和深情交织在一起，让我感到安慰。亲爱的，我深深地吻你，让你自由呼吸，当然。

1948 年 12 月 27 日，星期一，10 点

我宁愿不再回读昨天写给你的信，困倦得像阿尔及尔街道上的雨天那般忧郁。今天早上，阳光洒满我的房间。我睡了十个小时，一觉到天亮，仿佛是爱情后的沉睡。而且，今天是阿尔及尔最美的一天。我差点忘记，这座城市的早晨是多么迷人。

今天我将去母亲家吃午饭，去我度过整个青春的郊区。

昨天你的午餐怎么样？我愿意献出一只手（有点夸张），只为今早能和你一起在海边散步，教你爱我所爱的，风中的脏女孩。瞧，阳光照在我的纸上，我在一滩金色的水中写下这些字（昨天，我在一本书中看到这样的太阳定义：永恒的金色眼睛。但是，兰波是对的，永恒就是海与太阳交融的样子）。你看，阿尔及尔的早晨让我变得诗意盎然。

我写得越来越差，字越来越小。这肯定有某种意义。尽管如此，我感到一种越来越强大的力量，一颗崭新的心，最美的爱。我耐心地等待。今晚，我想我会有不同的想法。但在此之前，我有最厚重、最固执的信心。古斯塔夫·多雷曾说过，关于艺术，他有像牛一样的耐心。今天早上，我在爱中是只牛（不过，也不完全是……）。

你至少写信给我了吗？即使我如此耐心，我还是会因为这些失去的时光而焦急。每当想到我们一起度过的火炉旁的夜晚，我不禁心头一紧。在我不在时，你肯定不会好好照看它的，我知道。尽管如此，还是尽量试试，至少要守护它。

那种维斯塔（古罗马女祭司）的气质真适合你。再过一周，我会来接你。再过一周……我现在不那么耐心了。写很长的信，把你的一部分送进这座等着你的城市，保持对我倾心，像十二月二十四日午夜那样爱我，如果你此刻心情低落，原谅我今天如此充满生气。但阳光和你……

我深深地吻你，我的爱，用我全部的力量。

A. C.

我需要你全心全意地和我说话

　　亲爱的，只有一句话，我不想让今天在我没有写信给你之前结束。已经很晚了，我感到一种奇怪的疲惫，更像是一天的回忆让我消耗殆尽——回到我成长的那个街区，见到一些被遗忘的亲戚，和一个我刚刚共进晚餐的童年朋友。果然，我以后会尽量少回阿尔及尔。某种意义上，这也很好，你可以带我去你的前世布列塔尼。幸运的是，我母亲还在，我真的希望你能认识她。今天午餐时，我的嘴唇上总是挂着你的名字。我想和她谈谈你，谈谈我们。让我犹豫的是不想打扰她，不想破坏那个纯净善良的心。而我本来可以从中得到一种释放，把我的喜悦与痛苦告诉她。她是唯一一个，我想向她透露我内心深处的爱——今天所有的生活都围绕着这份爱。我不确定她能完全理解。但我确信，她会理解我，因为她爱我。我毫不犹豫地告诉你这些，尽管我知道它们会唤起你内心的痛苦。但它们是真实的，我不能对你隐瞒。它们也会告诉你，我为何理解你不愿言说的那一部分。尽可能分享痛苦，你的痛苦便是我的痛苦，我的爱。

今天是一个极好的日子。但我只想离开，逃离这里，终于去找你。我从没停止过想你，哪怕你并不愿意，你也时刻陪伴在我心中。我房间里有你的照片，我时不时地为此感动。外面的世界，所有的一切都让我想起我们的生活，我也因此时常感到焦虑。

我今天本来希望能收到你的信。但现在还太早，我今晚的失望也显得很傻，看到信箱空空如也。只剩下想象你，我正在尽力去做。其实，我是怀着纯粹的心情去想你。离开身体一个月，身体会在六个月后离开你。这是真的。但令我害怕的是第七个月。

你！我多么期待你啊。心中泛起波澜。晚安，我的爱。

1948 年 12 月 29 日，星期三早晨

收到了你的信。你真是太了不起，竟能如此迅速写信给我，写下你所写的一切。像往常一样，当你给我带来太大的喜悦时，我会变得焦虑。你叫我不要问为什么，也不要问怎么做。但显然，我最想问的就是为什么和怎么做。你看，我真是个不可救药的傻瓜。但这并不妨碍我在内心深处享受一种巨大的幸福，就像你一样。亲爱的，也请告诉我这一切意味着什么，是我们偶尔能达到的巅峰，还是它会持续下去。这里的日子过得很慢，只有你和我等待的心情才赋予它们生命。我需要你全心全意地和我说话。我们已经到了一个地步，任何东西都无法再将我们分开，我们终于互相同意。一直以来，我强烈渴望并且渴望全身心地交给你，带着我的缺点和优点，完全地。

今天，你是唯一一个我可以并且愿意向她敞开心扉的人。每一个来自你的动作，每一个喊叫，都让我有一种几乎痛苦的喜悦：那时，我觉得你也在全心全意地交给我。

写信吧，我的爱。像我们唇齿相依时那样和我说话。我在等你，我爱你。

A. C.

我甚至不知道怎么生活。

我收到了你的第一封信。你爱我！这是肯定的，因为如果你不爱我，你就不会为我对你的信的反应而担心，无论是沮丧还是兴奋。那么，既然你爱我，我还能希望什么呢？

好了，别再为此烦恼了。我现在处在一种这样的状态——因为你那来自阿尔及尔的极度生气勃勃、又喜气洋洋的亢奋之中，也就是一种深深地爱着你、全心全意地爱着你的状态中，以至于你给予我的一切，无论怎样，我都会接纳它，就如同你所给予的一样。

我很幸福，尽管在这几天，特别是那些我无法入睡的漫长夜晚，我思考得很激烈，有时并不轻松。但正是在这种时刻，我感受到了这种新的幸福，它不带疯狂与盲目；它很真实，因为此时此刻

63

没有什么能促使我陷入短暂的陶醉之中。它就在这里，严肃、清晰、坚定，让我感到震惊、害怕，但也充满希望。它带给我强烈的困扰，我感觉自己是女人……是你的女人！

你怎么样？这个不愉快的日子过得如何？局势变得怎样了？你有难过吗？

那你什么时候回来呢？真是好漫长，好难熬！为什么没有你在身边的日子，比我在吉维尼度过的那些日子还要长呢？为什么，离开你之后，这种缺失竟让我感到幸福呢？为什么，在离别时，你突然让我感到生命的激荡，就像是一个我会骄傲地怀抱的孩子？为什么是现在，而不是之前或之后——或者永远不可能？

是奇迹吗？是恩典吗？

我做了个梦（请原谅）。我梦见自己跪下，站在我信仰的祭坛上，听到你的声音。你啊，我永远不会怀疑你。

然而，一切都反对我们，我知道这一点比任何时候都更清楚，尽管我在各个方向上反复琢磨，却始终无法找到解决之道。然后我开始重新思考，这就是你离开后，我的日子和夜晚的状态。

啊，快来吧，在你那修长的双腿间，现在我对你、对我、对我们有了无限的信任，也许你能教会我信任生活！

　　然后，一切都会自然而然地发生……我将带你穿越风雨、海浪与海藻的气息，带你去理解，"可恶的湖人，晒伤的太阳"，我将让你理解并爱上这种无尽的运动，一切湿透、咸涩，那种我们只能活在过去的时刻里，因为当下太短暂，无法触及。

　　我爱你。写信给我。不要告诉她原因，替我吻吻你的母亲。

　　我爱你，快点回来吧，安心，冷静。我就在你身边，靠得那么近，靠在你怀里。温顺，严肃，颤抖的……温暖！我也可以告诉你，因为我是个"牛"，所以有些温暖。

　　晚安。

　　玛丽亚。

　　　　　　　　　　　　1948 年 12 月 31 日

　　　　　　　新年快乐，我和你同在，阿尔贝

1949 年

找到你才能找到我自己

　　新的一年开始了，却无法将你紧紧拥入怀中，我的爱，我从未如此痛切地感受到你的缺席。的确，你没有给我写信，我只能无休止地猜测你的一切。如果不是你之前的信和电报给予我的鼓舞，我现在一定会无比失落。我多么希望你在此之后又给我写了信，我热切地期盼着与你重逢的那一刻。

　　我的姊姊将要进行第二次手术，大概会在星期二或星期三。手术后两天我就可以动身离开。所以，我最迟在本周末就能抵达巴黎。飞机是夜班，我会很早到达奥利机场，等你醒来后就去看你。当我在电梯里再次见到你时，我该会多么激动啊……仿佛是初次相遇。

　　昨天午夜，你是否也想起了我？我全心全意地想着你，心中充满了爱意，用尽全力地思念着你。我和一个堂兄在他的俱乐部共进晚餐，那里有个女孩不停地纠缠我，她完全无法理解我为什么宁愿独自度过新年之夜。她显然觉得这简直不可思议，竟然会有男人宁愿孤身一人度过新年。

事实上，这的确有些不同寻常，我也并不想孤独一人。我只想和你在一起，感受你的手放在我的肩上。最终，我总算摆脱了那位"好心姐姐"的喋喋不休。午夜时分，酒吧里熄了灯，我独自坐在那里，喝着酒，心中充满了爱意和淡淡的忧伤。你看，这就是所谓的多愁善感吧。但是，我心中也涌动着一种奇妙的温柔，仿佛你就在我身边陪伴着我。然后，我回到了家，满天都是巨大的星星。温暖而灿烂的夜空。我多么希望你写信告诉我，在那遥远的夜晚，你做了什么——你也是独自一人，不是吗？就像我一样。

今天，我的心情有些低落。我迫切地想要回去，想要与你重逢。我感觉每一分每一秒的流逝都可能摧毁我心中最珍贵的东西。今天，对我而言，巴黎是一个充满生机、我渴望逃入其中的港湾，但如果没有你，它便会变成一座荒凉的孤岛。这一切都显得有些傻气，毫无道理。但我在这里的感觉越来越糟糕，我必须找到你，找到你才能找到我自己。在我前往南美洲之前，我只想彻底地离开这个纷扰的"世界"，只活在你我之间的小天地里。

　　这封信写得有些语无伦次，但是，也许你能从中感受到那份让我能够继续活下去的、无尽的爱意。请给我写信，好吗？让我从这种焦躁不安中解脱出来，减少一些忧虑。在那之前，请把我留在你身边，留在我想依偎的那堆温暖的篝火旁。我亲吻你，并在此守候着你。

　　　　　　　　　　　　　　　　　　阿尔贝·加缪

今天我才收到你上周四的信。我知道假期导致邮局延误是其中一个原因，但这几天我一直心绪不宁，爱情竟让我变得如此胆怯。昨晚回到这里，我甚至打算给你写一封近乎疯狂的信，然后便静静地等待。幸好，我的"奖品"——你的信——此刻终于抵达。

虽然从周日到周四你都没有给我写信，但这封信带来的喜悦足以弥补我所有的等待。你信中的一些话语，或许连你自己都没有意识到，却比世间任何恩赐都能更加深我对你的爱。

我要尽快告诉你这个消息：第二次手术至少推迟了一周，我不用再等到手术结束后才离开。医生告诉我手术会成功的，也就是说，那位不幸的病人还能再有两三年的时光。她唯一的愿望是见我一面，她也鼓励我按原计划出发（她并不知道自己的

写一封疯狂的信寄给你，然后躺平了等

71

病情）。我会尽快预订机票，或许我会和这封信同时到达。届时我会立刻给你打电话，以防你那天恰好去了海边。说实话，我在这里已经待得有些焦躁不安了，<u>坐立难安</u>，脑海中只有一个念头：那就是你。

我回去后有一个明确的计划：先是我们，然后才是我的工作。五月之前，我必须完成我的剧本和散文。请帮助我完成这些，你可以鼓励我，为我加油，在我稍有分心的时候提醒我。我想暂时放下一切，全身心地投入其中，直到完成为止。

我爱你，亲爱的！此刻我多么渴望见到你。我想起了我们曾经在电影院里那样深情地依偎在一起：最美的容颜，最纯净的灵魂，以及那淡淡的忧伤……是的，你真是太美了！那一刻，没有幸福，也没有痛苦，只有爱与它的沉默，如同你喜爱的那片海滩，那里的天际仿佛永无止境。

我爱你。我多么希望这是我的最后一封信。我们将紧紧依靠彼此而活。此刻，我感受到一种前所未有的力量和幸福。我该如何亲吻你呢，亲爱的，很快我就会知道答案。

阿尔贝·加缪

今晚，我会一直想着你，直到《戒严》的演出结束。我在这里的报纸上看到，《戒严》将被马塞尔·阿查德的剧作取代。我真希望它能继续按季度上演。

伦敦的卡利古拉芭蕾噩梦

亲爱的，我的爱人：

自从星期六晚上以来，我的脑海中一直萦绕着不安的念头，以及各种糟糕的画面。昨天早上，我本想从勒布尔热机场给你打电话，但那时已经十点了，我担心会吵醒你。昨晚回到酒店后，我也想给你写信，但当时已经很晚了，我十分疲惫，而且我不想让我的信充满抱怨。我此刻多么希望你就在我身边，或者至少在心里陪伴着我，这才是最重要的，其他的一切都无关紧要。

现在，我想给你写一份关于我这次短暂旅行的报告。这封信无须你的回复，也因此不必过于私人化。

事情是这样的：我抵达伦敦，看到街道被大雪覆盖，空荡荡的，因为那天是星期天。我见到了我的老朋友达德尔森，他是我多年的挚友，还有导演以及两位演员，一位扮演凯索尼亚，另一位扮演

74

卡利古拉。我发现扮演卡利古拉的那位演员，活像个卖冰激凌的（就是那种推着小车沿街叫卖的）。然后我们去了一家希腊餐厅，大家狼吞虎咽地吃着"希腊菜"，但那些菜做得就像英式餐厅一样糟糕。饭后我回到了酒店，虽然还算体面，但胃却疼得厉害。我忍不住想起了格拉纳达餐厅，那里的厨师简直是天才，与伦敦这些"毒药制造者"相比，简直是天壤之别。接着，排练开始了。剧院位于拉维莱特，虽然位置偏远，但至少还算现代化，这多少让我感到有些安慰。

接下来的场景让我大吃一惊。西庇阿背部畸形，看起来有些迟钝。那位老参议员则手臂瘫痪。谢雷亚穿着一件樱桃红的长袍。凯索尼亚穿着一条薄如蝉翼的疯狂牧羊女式舞衣，露出了双腿，活像《一千零一夜》里的"美丽三角洲"。舞台上还有一尊伯里克利的立像，背景则是几块浅色的窗帘和一面从巴尔贝斯淘来的椭圆形镜子，整个布景就像是地铁站的风格。总而言之，这里呈现的"恺撒的罗马"被布置得如同圣旺门外的跳蚤市场。

演出开始后，我逐渐意识到一切都非常勉强。卡利古拉与其说是个皇帝，不如说是奥兰大街上的烤肉摊贩，或是伏尔泰大街上的刷子推销员，又或者是唐人街上的私人导游。

那位"拜伦式的皇帝"站在我面前，头发鬈曲油腻，皮肤湿漉漉的，肚子微微凸起。他就像尼禄在享用了一顿古罗马式盛宴后出来表演一样。他表演时有些热情，但毫无风格可言。他完全是凭着本能去演戏，换句话说，他对台词几乎一窍不通。更糟糕的是，因为他是希腊人，口音非常重。达德尔森告诉我，那口音简直令人难以置信。

在那之前，我以为自己已经做好了充分的心理准备，可以接受任何情况。现在看来我真是太天真了！我完全没有料到竟然会有芭蕾舞表演。是的，你没听错，是芭蕾舞。当卡利古拉带走穆修斯的妻子时（理由是出于"自然之力"），三位舞者，一半打扮成阿比西尼亚人，一半打扮成方济会修士，开始在舞台上表演一些不堪入目的动作，他们摆出各种姿势，互相抓住大腿，背靠背地扭动臀部。

到了第二幕，卡利古拉竟然打扮成维纳斯，和同样的舞者跳起了芭蕾舞（你可以想象一下那个卖炸饼的小贩穿着假胸跳舞的场景），然后他竟然被那些"高贵的"演员们用力地抓住了臀部。那一幕彻底击垮了我，我不得不去找点酒喝。但不凑巧的是，酒吧里没有酒，只有咖啡。我喝了咖啡，本想借此忘掉这一切，结果反而因此彻夜难眠。为了彻底毁掉我的夜晚，大家又把我拉回了那家希腊餐厅，结果我几乎一夜没睡，直到第二天早上。那天我做了一个梦，梦见我和乔治六世一起跳了一段糟糕透顶的芭蕾舞。

最令人震惊的是，周二晚上，一大群外交官和社交名流被邀请来观看这场"极具法国特色"的戏剧演出，以了解巴黎的戏剧风格。我也会在场，但我心里只有一个念头：尽快消失，然后登上回程的飞机。

我当然也在憧憬着其他的事情，但我等着回去后再告诉你。我的"报告"到此结束。每次离开你，我心中都涌起一种不安和战栗，亲爱的，你在哪里？你在哪里，我的爱人？你一定在等我，对吗？就像我等待你一样，怀着同样强烈而持久的忠诚，既充满恐惧，又满怀信心。自从星期天开始，我们之间似乎隔着一片海洋。但就像我一直把你带在身边一样，你从未真正离开过我。星期三见，亲爱的。很快就能见面了，港口、牧场、草地、面包、小船……我亲吻你，紧紧地拥抱你……

阿尔贝·加缪

我住在伦敦骑士桥罗勒街上的一家酒店。但你大概没有时间给我写信了，我很快就回去了。

缺席也是一种存在

我的爱：

我刚刚收到了你星期天的信，真是让我感到无比的安慰！读到你的话，心里一阵温暖，心头的忧郁也稍稍被驱散了。我不停地想着你，似乎每当我离你越远，就越强烈地感受到那种空虚。

我今天早晨从伦敦出发，经过了一夜未眠（那些可怕的芭蕾舞的回忆一直没有离开我）。我在一间充满大使和体面人物的大厅里，能做的唯一事情就是想着你，努力不让我的焦虑显现出来。我觉得我在那里的经历变成了一场噩梦，我更愿意把它忘记。

我很疲倦，但我还是不停地想着你，就像你就在我身边一样。我觉得我可能会一直活在这种等待、渴望和缺失的状态中，但深知，我们爱的力量就在于此：这种缺席也是一种存在，这种空虚也隐

78

含着某种真实。

　　我现在在巴黎，马上就要离开了。但像往常一样，我等待着那个重新见到你的时刻。我梦见你，迷失在对你身体、声音和举止的思念中。我迫不及待地想见到你，想要感受到我们之间再也没有距离。

　　我的爱，我收到了你最后的信。它帮我度过了这段孤独的时光。我感谢你给予的爱与忠诚，在这个时候，我特别需要它，你的每一句话都像是这漫长夜晚中的一束光。

　　很快再见，我亲爱的。我紧紧地吻你，带着我的所有爱与所有的急切等待。

　　　　　　　　　　　　　　　　　　　A.

我无法从你身上挣脱，
也无法从你呼吸的这片土地上挣脱

我的爱人：

再过两天，我就要迎来那难以想象的时刻。*
这两天将是煎熬，夹杂着充斥着可怕景象的不安之
夜。我几乎感到窒息。你的话语仍然在我耳边回
响，离别的痛苦，尤其是其中的虚假——因为这一
切都是虚幻的，我有时真想放声呐喊。

幸运的是，昨天，就在我最难熬的时刻，我
收到了你的来信。它让我心中充满了爱、温柔和感
激。是的，我们都需要勇气和力量。不要让自己消
沉，不要让心中的火焰熄灭。我会去那边找回失去
的力量和勇气——然后带着它们回到你身边，让我
们重新回到我们应有的状态。亲爱的，这次归来，

---

* 阿尔贝·加缪将于 1949 年 6 月 30 日从马赛启程前往南美洲，
进行一系列讲座，行程将持续到 1949 年 8 月 31 日。

你和你的容颜，是我唯一的动力。

你的身体……有些时候，我内心充满了渴望。但这不仅仅是对你身体的渴求，它超越了这一切，是对你内心最深处、最伟大部分的渴望，我对那部分有着永无止境的渴望。

直到今天早上，至少你的来信让我精神振作。但是今天早上，我突然想到，这或许是我未来几周里收到的最后一封信了。我顿时感到茫然失措。没有你，我就像失去了方向。我必须战胜这种可怕的沮丧。海洋会帮助我的。其实，我为自己如此懦弱和无力感到有些羞愧。你会看到一个更加坚强的我，为了你，也为了我自己。但我宁愿不再谈论"回归"这个词。

亲爱的，我心中想着你幸福的容颜：这才是我的力量，我的希望。请好好照顾自己，让自己变得美丽、光彩照人、坚强。做好迎接幸福的准备，这是我们唯一的责任。永远不要再拒绝我。接受我，不是接受什么超凡的命运，而是接受一个真实的男人，接受他的伟大和脆弱。等我回来，我会把一切，包括我自己和我们的爱，都交付给你——以最彻底的信任。

我绝望地亲吻你，既无法从你身上挣脱，也无法从你呼吸的这片土地上挣脱。很快就能见面了，亲爱的，真的很快。

　　　　　　　　　　　　　　　　　　　　　　　　　阿尔贝

1949 年 6 月 27 日，星期一

在临行之际，我再给你写个简短的消息，告诉你一个好消息。轮船将于七月六日在达喀尔靠岸。你可以把信寄到以下地址：

达喀尔皮内特·拉普拉德大街 35 号，塞内加尔邮政公司转寄至法国轮船坎帕纳号，A. C. 收。

请计算好航空信件的邮寄时间，给我写一封长信，一封能够填满接下来十五天寂静岁月的信。我很可能也会给你写信。不要把我之前写的那些近乎疯狂的信放在心上——除了信中所包含的爱意。在船上，我会以更体面的方式表达我的思念——我会写得更好一些。再见，我的爱。我划掉了前面写的一些话，因为它们写在纸上没有任何意义。我需要的是你的存在，我等待的也是你的存在。

阿尔贝

亲爱的：

　　夜幕降临，今天是我还能呼吸到与你同一片空气的最后一天。这一周简直难以忍受，我曾以为自己熬不过去。现在，离别终于来临。我告诉自己，我宁愿承受孤独的痛苦，至少还能自由地哭泣，哪怕只是偶尔一次。

　　我也告诫自己，现在是时候鼓起勇气接受这一切，勇敢地面对它，并最终战胜它。最让我感到如此艰难的是你的沉默，以及由它带给我的深深的恐慌。我从未能忍受你的沉默，无论是现在，还是之前那些时候，你倔强地紧锁眉头，面容冷峻，仿佛将整个世界的敌意都凝聚在你的眉宇之间。今天，我仍然忍不住想象你那般敌视、疏离、回避，或是固执地否定我内心的情感。至少，我想暂时忘却这些，在漫长的沉默降临之前，再次对你说些

活着，活得灿烂、好奇

话，再次倾诉我的心声。

我将一切都交付于你。我知道，在漫长的几周里，我们的心绪会经历起伏。在顺境中，生活会暂时掩盖一切；在逆境中，痛苦则会让人感到失明。我只有一个简单的请求：无论你是热情洋溢还是沉默不语，请你守护好我们爱情的未来。我最渴望的，甚至超越了生命本身的愿望，就是能再次看到你脸上洋溢着幸福的笑容，充满自信，并坚定地与我一同战胜一切。当你收到这封信时，我应该已经在海上了。现在支撑我忍受这痛苦分离的，唯有我对你深深的信任。每当我感到难以承受时，我会毫不犹豫地将自己完全交托给你——没有任何疑虑，只有全心全意的依赖。至于其他的一切，我会尽力好好地生活。

像我等待你一样，也请你等待我。只有在迫不得已的时候，才封闭你的内心。好好生活，活得灿烂、好奇，去追寻那些美好的事物，读你喜欢的书，在闲暇时，请稍稍想起我——因为我会一直思念着你。

现在，我比以往任何时候都更加了解你，也更加了解我自己。正因如此，我才深知，失去你对我来说，在某种程度上就等同于死去。我不想死去，你也必须在不受任何伤害的情况下获得幸福。即便前方的道路如此艰难、如此可怕，我们也必须坚定地走下去。

再见，我亲爱的，我挚爱的孩子，再见。你如此坚韧又如此温柔，当你愿意的时候，又是那般温柔……我毫无保留地、全心全意地爱你，那份爱热烈而清晰，充盈着我的整个心灵。我爱你，就像我有时感受到生命在世界之巅迸发出的澎湃活力；我等待你，像等待十个生命那样坚定，带着永不枯竭的温柔，我对你怀着无比光明的渴望，以及对你灵魂深处的极致渴求。我亲吻你，紧紧地拥抱你。

再见，亲爱的，即使你的缺席让我痛苦不堪，这世上所有的幸福都比不上与你相伴时的哪怕一丝痛苦。当我再次感受到你的双手放在我的肩上时，我便会觉得一切的等待和煎熬都是值得的。我爱你，我在等待，不再是期盼胜利，而是期盼希望。啊！亲爱的，离开你是多么艰难，你那可爱的面容又将再次消失在夜色中，但我会在你爱的海洋中找到你，等到傍晚，天空的颜色变得像你眼睛一样深邃。

再见，此刻我的心中充满了泪水，但我知道，两个月后，真正属于我们的生活就将开始——我已经透过你的唇印亲吻它了。

A.

让你的信等待并陪伴我

　　亲爱的，直到今天，我只在日记中写下一些零星的记录——但我每天都坚持写，晚上就以这种方式结束一天，仿佛你就陪伴在我身边。我记录的只是些日常琐事，生活的平淡，但这一切都是为了你，为你而写，都被你赋予了色彩。

　　离别对我来说是一种撕裂般的痛苦，我不想让你分担这份可怕的煎熬以及我内心的怯懦。当陆地从我们身边渐渐远去——越过直布罗陀海峡，西班牙海岸以及整个欧洲在我们身后逐渐消失时，我感到一阵难以言喻的凄凉。但后天我们就要抵达达喀尔了，那时我就可以寄出这封信。

　　从两天前开始，我就航行在你所属的这片海洋上。海水不再是湛蓝色的，而是呈现出绿色。正午时分，在垂直的阳光照耀下，太阳苍白而浑圆，周围笼罩着一层薄雾，我们正穿过"回归线"，向达喀尔驶去，这第一次让我感到像是去迎接你，去迎接我期盼已久的来信。这段漫长的沉默，这种令人沮丧的杳无音信的状态即将结束。愿我的信能带给你希望和生机，带给你如同这片不知疲倦的海洋般广阔的爱，带去我对你的呼唤，亲爱的，以及我深深的信任。

请记住：我不是在二十号到达里约，而是在十五号。拜托你计算好航空信件的邮寄时间，给我写信，让你的信能够等候并陪伴着我。这样，我们就可以避免我之前一直担心的那二十天的沉默期。我会立刻给你回信的。但我是否还需要再次强调这一点呢？

船上的生活单调乏味，你大概也能猜到。我有一个简单而空旷的船舱，但我反而喜欢这种小空间和这种简朴的环境。我无法想象如果没有你在我身边，我的生活会变成什么样。

我早上七点起床，去看清晨的海景，吃早餐，洗个澡，然后去游泳池（只有三步宽，水深只到我的肚子），在阳光下晒太阳，然后开始工作。接着是午餐，再次欣赏正午的海景，小睡一会儿，继续工作。然后是晚餐，最后站在甲板的边缘结束一天的生活。

天气一直都很好，只有在过了直布罗陀海峡之后，海面才开始出现一些波浪。这些也算是船上能看到的大事：一只渔船的帆影，或者一群自由自在、骄傲地跃出水面的海豚。有时会放电影，都是些美国的劣质影片，我看了不到十五分钟就离开了。还有就是一些闲聊。

请放心，船上并没有什么引人注目的女人。在我餐桌旁坐着的是：一位索邦大学的教授，一个年轻的阿根廷人，还有一个即将去和丈夫团聚的年轻女人。我们聊着一些无关紧要的话题，彼此笑一笑，然后就各自散去。那位年轻的女人曾向我吐露过一些心事。不知为何，我总是容易吸引别人向我倾诉，但这也很不幸，尤其是当这些倾诉都如此平淡无奇的时候。

我按照你嘱咐的那样做了：我一直在照顾好自己。最初的几天，我几乎是沾床就睡。我那时非常疲惫，甚至连吃饭的时候都在打瞌睡。但泡澡、晒太阳、充足的睡眠、船上的无聊时光，以及我的自律（不喝酒），这一切都让我逐渐恢复了正常。我已经晒黑了不少，穿着浅色的衣服，我甚至会忍不住想，也许现在的我会让你喜欢。但我尽量不去想这些，因为我仍然为你的缺席而感到痛苦。每一分每一秒，我都在想象，如果你在这里，这段旅程将会是多么不同。有你在身边，我们一起欣赏这片大海，远离尘世的喧嚣，在美丽的夜晚享受静谧的时光，一切都会变得完全不一样。但这种想象也让我感到更加痛苦。它也唤起了我内心的渴望，有时，我只能竭力压抑住这种渴望。

在等待中，我便待在这里，面对着这片大海，只有它在帮助我，只有它，才能让我勉强忍受这一切。无论是白昼降临，海洋展现出它无边无际的壮阔；还是月光洒落，浓厚的乳白色光辉如江河般流向船只；又或是清晨的海面翻滚着朵朵浪花，我都会独自站在甲板上，默默地等待着你。每一天，我的心都像这片大海一样膨胀，充满了那份既痛苦又幸福的爱，我宁愿用我的一切去换取这份爱。你在我心中，如此温顺，如此被我珍视，就如同我自己一样，我已经无法停止对你的爱恋。将来，在那边，一切可能会更加艰难。但亲爱的，一切都将很快过去，新的相聚终会来临。

我期盼着那个时刻的到来，也期盼着你的来信。请在信中告诉我你的近况，你做了些什么，你过得怎么样，你在想些什么。请不要忘记我对你的信任，也请记住，唯有用同样的信任才能回应我的这份情感。请告诉我一切，不要遗漏任何细节，即使是那些可能会让我感到伤心的事情。没有什么是我无法理解的，没有什么是我无法承受的。我现在知道，我会一直爱你，直到生命的尽头，无论经历怎样的痛苦。我从未评判过你，也从未怨恨过你。

我或许不知道该如何恰当地去爱你，但我已经尽了最大的努力，用我全部的力量和经验，用我所知道和学到的一切去爱你。我唯一会怨恨的只有我自己，有时是因为看到你不快乐或对我怀有敌意。请你永远不要忘记这一点。我带走的你的那张脸庞，承载了我们共同经历的许多痛苦和快乐。它永远也不会改变。那张可爱的脸庞属于我，它是我今生最珍视的宝物。我在等待你，亲爱的，我的野性情人。今晚，你在我心中，前所未有的清晰。

我写这封信时，泪水盈眶，几乎无法呼吸。但我努力想象着你的笑容，看着你的照片，以此重新找回希望——那份幸福的滋味如此强烈。而且，只要是来自你的幸福，就足以弥补一切。你在哪里，亲爱的？我在这片分隔你我的海上漂泊，我呼唤着你，多么希望你能听见，我多么希望这声呼唤能带你远离痛苦。在遥远的地方，我亲吻你！请不要忘记，我从未离开你，我一直紧紧地追随着你，守护着你，为了你而守护，陪伴着你。

A.

1949 年 7 月 6 日，星期三

今天，太阳升起，海面如同金属一般，反射出刺眼的光芒。阳光像流动的液体般倾洒在整个天空中。湿热的空气让人感到不适。我们正在接近达喀尔。我刚刚醒来，脑海中就浮现出你的身影。我多么希望今晚能在收到你的来信后安然入睡。至少，这就是我昨天一口气写完这封信时的愿望，当时我的心跳得很快。我希望这封信能够帮助你守护我们的爱情，也希望你能从中感受到我内心深处那份温柔与尊重，尤其是在我最深沉的热情之中。在这封信的末尾，我献上我所有的亲吻。亲爱的，我们很快就能再见面了。

A.

我想着你，觉得自己走到了世界尽头

亲爱的：

我们明天就要抵达里约热内卢了，我终于可以给你寄信了。我此刻正在一个阳光明媚的早晨写信。大海呈现出黄色和蓝色交织的色彩，美得让我不忍将目光从它身上移开哪怕一分钟。最近几天天气很糟糕：阴雨、大风、巨浪，但即便如此，我仍然深深地喜爱着这片大海。我一直在它身边消磨时光。

我在达喀尔收到了你的信，它一直陪伴着我，直到此刻，支撑着我走过这段艰难的日子。收到信的那天晚上，是我这段时间以来第一次真正安稳地睡着。达喀尔的夜晚如同一场梦境。我晚上十点到达港口，收到了你的信。读完信后，我独自走进了昏暗而陌生的达喀尔市区。那些咖啡馆灯光刺眼，周围笼罩着巨大的阴影，我像其他黑人一样走在街上，他们穿着华丽的蓝色长袍，女人们则穿着五彩斑斓的旧裙子。我迷失在远处的街区，黑人们静静地注视着我走过。我思念着你，觉得自己仿佛走到了世界的尽头。在这一切之中，我唯一能辨认出的，是那股独特的非洲气息，一种贫困和被遗弃的气味。凌晨两点，我回到了船上，第二天早上醒来，迎接我的又是无垠的大海。我们一直在这片海上航行。

　　船上的生活像修道院般单调乏味，唯一的变化只有大海。我大部分时间都待在海边，仿佛你就陪伴在我身边。晚上，我会用日记来总结一天的生活。但是又能总结些什么呢？因为日记只是对一些琐事的记录，而这些琐事又显得如此稀少，所以你可能会觉得它很贫乏。但事实上，我可以用文字向你倾诉其他的事情，回应你，呼唤你。

　　你或许会惊讶我为什么一再强调"写信到达喀尔"，的确，我告诉你一次就足够了。自从我们重逢以来，你从未辜负过我对你的等待。但我猜想这段时间我有些神经过敏。我不知道你是否注意到我在离开巴黎前的最后几天处于一种怎样的精神状态。我离开时完全是迷失的、心烦意乱的，痛苦得几乎想要放声呐喊。我觉得自己遍体鳞伤，不知道该躲到哪里去才能避开风雨。我渴望从你那里得到一些美好的慰藉，因为之前经历的糟糕的事情已经太多了。因此，我格外期盼着在达喀尔收到的那封信，当然，我以一种近乎疯狂的方式在期盼着它。但又何必去谈论理智呢……

海上漫长的航行至少让我平静了下来。它们解开了我内心痛苦的那个结，稍微麻痹了我的伤口，只是，我惊讶地发现自己始终无法摆脱一种挥之不去的忧郁，它让我片刻不得安宁。一种勇气，一种力量正在从我身上流失。我仿佛失去了某种至关重要的东西，我想要找到它，用其他的东西来替代它，然后继续前行。但我相信一切都会过去的，我会带着充沛的力量归来。

归来……我常常想象着你晒黑的、容光焕发的面庞，充满了勃勃生机，我希望能恢复我的所有能量，以便这次重逢能够成为它本应有的样子——一次灵魂与肉体的震撼，一次对无尽渴望的彻底满足。但我们之间仍然隔着几周的时间。这些日子还需要一天天地度过。然后，便是重逢的时刻。我非常高兴你拒绝了去埃及的计划，这其中也包含着我一点自私的欣喜。我知道你需要那次旅行，但那可能会让事情变得更加复杂。再增加两个月的离别，对我来说是一种无法承受的痛苦，一种我没有勇气去面对的折磨。我为此感谢你，也更加爱你。

再见了，我的爱人。眼前的大海平静而美丽，就像你某些时候的面容一样，能让我的内心也获得安宁。你还记得去年的七月十四日吗？今年的这个节日我将独自度过：我在思念着巴黎。我们有时会抱怨它，但它终究是我们爱情的城市。如果我能再次漫步在它的街道和码头，我希望你就在我身边。那将是对漫长病痛的一次治愈——就像是对失落岁月的弥补。但是在那之前，我仍然满怀焦虑和喜悦地朝向你，像我们常说的那样深爱着你。我对你的爱是如此强烈，近乎呐喊。它是我的生命，没有它，我就如同行尸走肉。请支持我，等待我们重逢的那一天，保佑我们。请记住，每天晚上，我都会像我们过去幸福相守时那样，带着我全部的爱意和温柔亲吻你。

A.

我们之间隔着如此遥远的海洋，我该到哪里去寻找你

亲爱的：

周五抵达里约时，我非常失望，因为没有收到你的信。但它终于在昨天送到了，这让我能真切地感受到你的存在，而不只是依靠想象。我想在给你写信之前，应该先回答你信中的一些问题。

一、我很高兴《奥菲斯》的制作得以进行。虽然对九月的外景拍摄不太满意，但这也是无可奈何的事情，最重要的是你的工作正在逐步推进。

二、应该建议凯勒森等到演出季结束或下一个演出季开始。这首先对他有好处，其次对我也有利。一部戏就足够了。以我目前的状态，我觉得自己无法再回到公众舞台，去承受那里的一切。

三、我得知你七月底会在巴黎，八月则会在埃尔梅农维尔。

四、我对你在比亚里茨的安排没有任何意见。

我无法判断这对你来说是好是坏。最终，你应该根据自己的实际需求来做决定，当然也包括你个人的意愿。就我个人而言，我产生了一个略显荒唐的念头：当我不在你身边时，我希望你独自待在房间里，紧闭门窗，直到我回来。我知道这个想法既荒唐又不理智，但我此刻真的难以忍受你外出——只有深爱着一个人，才会渴望将爱人永远禁锢在身边。

五、你信中的一些话让我有些困惑。你为什么会说："其他人（你遇到的人）：工作、广播、偶然。"我不喜欢这个"偶然"。你又为什么要说："哦，夜晚。在那些时刻，我只能扑向书本，这是我唯一能接受的消遣。我害怕其他的，暂时不想接触。"你到底在害怕什么呢？难道你没有意识到，这种恐惧会让我更加担忧吗？但或许是我多虑了，你并不是真的想表达这些，而是我误解了你。

自从我出发以来，我的内心一直饱受煎熬，无论是异国的风土人情、陌生的面孔还是繁重的工作，都无法让我平静下来。我无时无刻不在想着你，焦虑不安、痛苦难当，甚至愚蠢地感到不知所措，我为自己的这种状态感到羞愧，但我爱你，也需要你的温柔和理解。你的整封信都写得那样美好，充满了所有我珍视的东西，我本该只对你说"我爱你"就足够了。即使我表现得如此笨拙和无助，我也知道你会理解我。

我们是在周五凌晨抵达的里约，海湾的美景令人叹为观止。我不打算在此重复我在日记中的描述。我们刚一靠岸，记者们就蜂拥而至。他们忙着拍照，问一些关于存在主义的问题，巴西在这方面和其他国家没什么两样。之后，我们一行人被带到码头，迎接我们的是一场忙碌的接待。我随意列举一些：与一位名叫安尼巴尔的作家共进午餐；下午接待了一位为《无病呻吟》添加了新剧幕的莫里哀作品译者；遇到了一位令人感到乏味的波兰哲学家，还有一些生物学家，以及一些渴望出演《卡利古拉》的黑人演员。

晚餐时，一位患有糖尿病的天主教诗人兼商人，坐在一辆由司机驾驶的豪华克莱斯勒轿车里，痛苦地重复着说："我们是穷人，可怜的人。巴西没有奢华可言。"我将这些场景都记录了下来。

周六，我与一位作家、艺术评论家兼翻译家共进午餐，期间又遇到了其他一些作家、记者等。我厌倦了这种应酬生活，这绝对是我最后一次参与这样的活动。我目前住在法国大使馆一栋完全空旷的侧楼里。起初，他们安排我住在当地最豪华的酒店，一家典型的美式大型酒店，这里住满了富有的外国人。我对此感到恐惧，便拒绝了，现在我庆幸自己做了这个决定。我现在住的房间带有一个阳台，可以俯瞰海湾，而负责楼层服务的则是一个雄心勃勃的年轻人，他正在拳击和歌唱之间犹豫不决。我的床甚至没有床架，几乎就是直接睡在一块木板上。

但我却拥有王者般的宁静，而这正是我现在所需要的。

至于这座城市，它被群山和海湾环绕，有时热闹非凡，有时又显得慵懒闲适。夜晚的景色非常美丽。沿着海湾，成群的恋人们依偎在栏杆旁，我常常观察着他们。昨天晚上，我和一位黑人演员一起去参加了一场桑巴舞会。那里的舞蹈方式让我很失望：舞步松散，节奏缓慢，缺乏应有的优雅。你跳得比他们好十倍。

前天晚上，我还观看了一场"马库姆巴"仪式。等以后我会详细地给你描述这段经历。那是一个融合了非洲宗教和天主教的黑人仪式，人们通过舞蹈和歌唱来向圣人致敬。例如，他们会敬拜圣乔治，但他们是以自己独特的方式来"邀请"圣灵降临。你可以想象一下，在一间泥土地面铺底的简陋棚屋里，舞蹈和歌唱持续了整整一夜，直到每个人都精疲力竭，倒地不起。我从那里出来时，既感到恐惧又被深深地吸引。

我每天的作息安排是：早上八点起床，工作（写日记和处理一些杂事）。午餐时会有人陪伴。下午，我会散步或游览

99

城市及周边地区。晚餐时通常是各种聚会。我一般会在午夜到凌晨两点之间睡觉。睡前我常常会读《堂吉诃德》。

我的行程安排是：第一次讲座将在里约举行，时间是七月二十日（星期三）。然后我会去北方的累西腓和巴伊亚（请你找一张地图看看），在那里进行两场讲座，并于七月二十五日（星期一）返回里约。接下来，我会前往南方的圣保罗和阿雷格里港，继续进行讲座。之后，我会再次回到里约，进行第三场讲座。然后，我将启程前往乌拉圭。之后的行程安排尚未确定。但你一定要坚持给我写信，内容不必拘泥，写得越多越好。我在这里感觉像是缺乏氧气一样，如果你不写信给我，我就会渐渐枯竭。

也许我该对你说出我内心真实的想法。昨天，在舞会上，我突然觉得我对其他任何事物都失去了兴趣。除了你，其他的一切都无法再引起我的注意。我记录下我所看到和听到的一切，尽力参与到我目前的生活中，尽力正常地给你写信，向你讲述我的这次旅行。我尽力认真地做好这一切，但在整个过程中，我始终无法摆脱内心的颤抖，那种焦虑和痛苦几乎让我想要逃离，或是将周围的一切都摧毁。我从未有过这样的感受。即使在最糟糕的时刻，我也曾拥有过力量和好奇心。你知道，我讨厌自怨自艾。但这一切都超出了我的控制范围，我甚至怀疑这是否与身体状况有关。这里沉闷潮湿的气候让我感到疲惫不堪。我失去了刚下船时的那种健康状态，现在感觉更加虚弱。正因为如此，我的内心总是被一种挥之不去的无聊感所占据，这让我无法集中注意力。此刻，一切都与你，也只与你有关。我的思绪始终围绕着你旋转，我想知道你在做什么，想知道你说了些什么。

　　这是一种痛苦而又激动的纠结，无数思绪在我的脑海中交织。我只能等待这一切过去。我一直都是这样做的，虽然我知道这样告诉你或许不太合适。但在全世界，除了你，我还能告诉谁呢？我在等你，等待着夜晚的宁静，等待着我们共同拥有的时光，等待着那束斜照的光线，等待着白昼与黑夜之间的片刻停歇。我相信，平静终将会降临。但我无法想象，除了你，我还能在哪里找到归宿。请等我，亲爱的。请给我写信，尽你所能地多写一些。我们之间隔着如此遥远的海洋，我该到哪里去寻找你？又该如何在没有你的陪伴下治愈我这压抑的痛苦？我亲吻你，我唯一的爱人，紧紧地拥抱你。日子一天天过去，但却如此缓慢，如同漫漫长夜，我已经快要无法忍受这样的自己了。请写信给我。

　　　　　　　　　　　　　　　　　　　　　A.

或将是一个梦想，或一个毁灭

亲爱的：

前天晚上我从巴伊亚回来，收到了你十八日的信，但不幸的是，我染上了严重的流感，还发着高烧。昨天我整天都躺在床上，无法写字。但我一直在想着你的信，片刻也没有停止过。今天早上，我感觉好多了。

你已经理解了我的意思，我想我无须再多说什么。我想立刻告诉你的是，你的信写得过于焦虑，也过于有说服力，让我无法不尝试去做你认为正确的事情。但我必须坦诚地对你说，即便我如此努力，也未必能达到预期的效果。我只能继续我的生活，继续扮演我的角色。说实话，就是在必要时去南方或其他地方，陪伴在我身边的人，有时也需要暂时离开你，克制自己不去表达那些不必要的痛苦，并尽可能地选择善良。这一切，虽然在理论上可以想象，但在实际操作中却难以忍受，尤其是对于像你这样如此重要的人而言。每一个结果，每一次回忆，都会影响到你的态度，我深知这一点。对我来说，只要看到你脸上流露出一丝冷漠，我的一切努力都将付诸东流。

或许，这一切在极端情况下是可以承受的，前提是你能够帮助我。理论上是这样。因为那样的话，我所要面对的就只有我自己，以及那种生活在谎言之中、被压抑的感受，这种感受会如影随形地伴随着我。但如果能得到你的帮助，我相信我能够忍受。但我却感到你或许无法帮到我。这不是因为你缺乏慷慨，也不是因为你缺乏爱，亲爱的，而是因为你缺乏精神上的力量。你可能会情绪爆发，你会紧锁眉头，你会说出一些伤人的话，还有那些我始终无法释怀的态度。我如此深爱着你，或许我能够凭借这份深沉的爱长久地忍耐，并将你留在我的身边。但每一次，这种力量都会在我内心遭受一次摧毁，或许有一天，我会再也无法忍受，最终只剩下无尽的痛苦。

或许我错了。每一次重读你的信，我都能看到其中蕴含的火焰和决心，这又会让我重新燃起希望。是的，我一直都在想着你的幸福，从未停止过。你知道，我从未真正渴望过其他任何东西，除了偶尔能看到你脸上洋溢的那份光彩。在你远离我的这段漫长日子里，我曾无数次地告诉自己，如果我能确信你是幸福的，那我内心所有的苦涩都会烟消云散。但我始终无法真正相信这种幸福的存在。

今天，我的大部分痛苦都源于我无法改变这一现状，并且有时我会感到，或许是我在阻碍你找到真正属于你的生活。但你的信让我确信，即便我竭尽全力，也未必能带给你你想要的幸福（啊！你无法想象你拥有着多么无与伦比的说服力！）。所以，现在一切都归结为我们爱情的力量。而对此，我从未有过丝毫的怀疑。

亲爱的，我也曾梦想过与你共度一生。但有时，当我陷入困境时，我也会幻想一种更高的契约，一种超越一切世俗环境的秘密盟约，无论我们身处何方，这种联系都会将我们紧紧地维系在一起，不断地加深，或许对其他人来说是难以理解的，但对我们而言却是真正的生命之源。

我曾想，如果我们彼此都如此坚定，直至死亡将我们分离，像我内心所感受到的那样，我们便能够活出真正属于我们的人生，心中始终保留着这份爱，无论发生什么，我们都会回到彼此的身边，带着同样的信念、同样的智慧、同样的温柔。这将是我们两人永恒的故乡，你明白吗？如此深刻而自然的确定性，会让其他一切都变得轻松起来，也会使我们在面对他人时更加自由和宽容——但这或许只是一个美好的梦想？但我们并非按照世俗的规则构建，或许我们也不需要和所有人拥有相同的命运——四年前我们所缺少的，正是对我们爱情的彼此确认。而今天，我们拥有了它。凭借着这份确定性，一切都皆有可能，没有任何例外。

我一生都在渴望与一个人拥有绝对的默契，而我在你身上找到了它，也因此找到了我生命的新意义。也许，我们的确可以试着超越一切，站在更高的层面。无论如何，这都将是一个值得我们追逐的梦想，即便它最终会走向毁灭。

但我也深信，我宁愿与你一同走向毁灭，也不愿独自享受虚假的安逸。在任何情况下，既然一切都取决于我们自身的力量，我们就绝不能在没有竭尽全力的情况下向不幸屈服。我如此深切地爱着你，这份爱应该足以赋予我无穷的力量。

亲爱的，这封信写得有些语无伦次。但我同时也向你袒露了我的怀疑和我的希望。我只希望你明白，我所有的希望都寄托在你的身上。我知道我自身的力量、我的天赋、我的爱，足以让我充满信心地面对一切。我也曾毫不费力地克服了那种与你一同堕入毁灭的冲动。我不确定你是否也做到了这一点。我曾多次对你说过，那是一条最容易走的路。

现在，我们面前的是一条向上攀登的道路。但我深知你的灵魂和你的追求，因此，我毫不怀疑你和你的最终决定。无论如何，请放下你的焦虑。我绝不会做任何没有得到你同意的事情。你的认可，你全心全意的支持，是我所拥有的一切，也是我真正渴望的一切。请在回信中告诉我你爱我，告诉我你正在等着我。请给我力量，让我能够结束这段漫长的流亡之旅，也请原谅我未能带给你更多幸福。很快，流亡就将结束，你将回到我的身边。

很快，我就能再次感受到你脸庞的温暖、你发丝的触感，以及你轻微的颤抖。是的，很快了，亲爱的。我活在你的爱中，并且会一直等待着你。

A.

我亲爱的爱人：

　　我昨天刚抵达这里，就立刻投入了各种安排好的事务中。因此我立刻给你写这封信。我今天一整天都有约会，晚上还有一场演讲。明天早上，我将驱车出发，沿着这个国家坑坑洼洼的道路，去参加一个当地的节日，据说非常特别。星期天，我将以同样的方式返回圣保罗。星期一有演讲，星期二则要乘坐飞机前往最南端的阿雷格里港。星期三飞往智利。在我接下来三天的丛林旅行中，我将无法给你写信。但我会确保在星期一寄出一封信。

　　圣保罗就像是纽约和奥兰的混合体。每分钟似乎都有四座房屋在建造。光是想象这些场景就让

呼唤你，从一个海岸传递到另一个海岸 *

---

*　信纸来自圣保罗的埃斯普拉纳达酒店。

我感到筋疲力尽。这里的建筑工地每天都在拔地而起、不断扩张。到了晚上，脚手架上布满了五光十色的广告灯光，而栖息在皇家棕榈树上的鸟儿们则发出巨大的抗议声，然后才最终安静下来，进入梦乡。

我在里约的第二次停留非常短暂。昨天，我在一群头戴羽毛帽子的听众面前，做了一场关于尚福尔的演讲。我常常在想，我为什么总是能吸引这些上层社会的女士们。不管怎样，她们就在那里，并且听到了尚福尔对她们的看法。我的感冒已经完全好了，虽然还残留着一丝疲惫感，但并无大碍。我上周末在里约郊外的一座山里度过，那里距离里约大约一百五十公里，在那里的时光让我感觉好多了。我终于可以畅快地呼吸，甚至还在一个仿佛与天空相接的泳池里游了泳。

回来之后，我终于收到了你的信（已经有六天没有你的消息了）。当然，我知道我之前跟你谈论其他人和其他琐事是多么愚蠢。但我之前也对你说过，我现在的状态并不完全理智。请原谅我因此让你感到烦恼——陪伴我的，始终是这颗不安的心，它在我回去见到你之前恐怕都难以平静。

我也想回答你在信中提出的问题。我计划在二十五日至二十七日之间从巴黎出发，按计划，三十六小时后即可抵达巴黎。我不确定是否希望在机场见到你。想象着你站在我面前的情景，既让我激动又让我感到无比欣喜。但届时机场肯定人很多，我只希望你一个人能出现在我面前。我会在临行前最后时刻告诉你我的决定。如果可以的话，或许你可以请罗伯特·贾素来接我。那样我就能更快地与你相见。

能和你谈论这些事情真是太好了。但距离见到你还有漫长的二十天……

我不确定抵达巴黎后会做些什么，这取决于埃伯托的情况以及排练的进度。但我想，我会在巴黎待上十天左右，然后花四五天时间去阿维尼翁。之后，就是我们相聚的时刻，我会用我全部的力量去追寻我们的幸福。总之，这一切都取决于我到达巴黎后具体的情况。

我可以向你倾诉我内心真实的想法吗？但亲爱的，我已经毫无保留地将一切都告诉你了。至于我没有告诉你的，你也早已知晓，那就是我们之间的隔阂，我们痛苦地伤害着彼此，却无法让最爱的人感到幸福。

亲爱的，我还能向谁倾诉这些话语呢？唯有你。当我的内心找不到归属时，我会想要逃避一切，甚至会想到死亡。但总会有那么一刻，我会重新转向我们的爱情，在那里我找到了真正的骄傲，那是我们共同努力的成果。你就在我的身边，你一直陪伴着我，你通过信件和你的气息支持着我。我们永远在一起，共同面对一切。没有什么能够将我们分开，也没有什么能够摧毁我们之间那灵活而又坚韧的生命根基。是的，你就是我的生命，我最亲爱的灵魂，我的快乐，我心中那美丽的风暴，同时也是等待着我的平静。

请允许我向你呼喊出我的爱，呼唤着你。从一个海岸传递到另一个海岸。这就是我们所能做的。任何事物都无法将我们分离，甚至连浩瀚的大海也无法阻拦我们，反而会将我们更加紧密地联系在一起。啊，亲爱的，那重逢的时刻……我全心全意地亲吻你，我爱你，我在等你。很快就能见面了，我亲爱的面庞。我再次亲吻你。

阿尔贝

亲爱的：

　　我昨晚刚结束了我的探险之旅，虽然有些疲惫，但今天早上仍然要给你写信。我还带着一丝希望在这里收到你的来信，但什么也没有。也许是因为巴西的邮政系统不太完善，我担心我们的信件会跟不上我的行程。

　　今天我起得很早，精神焕发，因为昨晚睡了个好觉。圣保罗位于海拔一千米的高处，在这里我稍微恢复了一些体力。

　　这次旅行真是出乎我的意料。我们从星期五早上十点出发，直到晚上十一点半才到达目的地，整整一天都在一条难以想象的颠簸道路上行驶。我们四个人，被摇晃得像放在沙拉搅拌器里一样，嘴里满是红色的尘土，简直像是变成了瓜拉尼印第安人（我们四个人中有两个是巴西人）。我们不得不

你的眼睛里，有我们共享的寂静

穿越原始森林，在深夜里渡过了三条河，依靠的是极其简陋的小渡船。

最终抵达目的地伊瓜佩*后，我们在那里的医院里过夜。这家医院的名字叫作"幸福的回忆"（讽刺的是，我曾在圣保罗的监狱里看到过不少诸如"保持乐观！"之类的标语）。不过我印象最深刻的是，这家医院竟然缺水。我只能用从车里带的矿泉水简单地刮了胡子、洗了把脸。好在当地人的热情好客弥补了这一切。伊瓜佩人非常友善，彬彬有礼。

第二天是伊瓜佩的节日，主要的庆祝活动是大家抬着一尊从海上漂流而来的圣耶稣像进行游行。在此之前，这尊塑像被仔细地清洗过，据说清洗地的有块石头也因此变得神圣起来。这场游行真是各种种族、阶级、肤色和服饰的大融合。游行队伍的上空，有秃鹰在盘旋，还有一架为节日助兴的飞机在低空飞过，四周则回响着响亮的鞭炮声和军乐队的演奏。游行队伍中有高乔人、日裔、混血人、黑人、驼背，还有一些胡子拉碴的人，甚至还有一个来自巴黎的北非人——你大

---

* 这些节日给了加缪灵感，他创作了短篇小说《生长的石头》，这篇小说收录于 1957 年的《流放与王国》一书中。

概可以想象那样的场景，它发生在一个看似与世隔绝的小城里。除了那些真正勇敢的人，很少会有人来到这里。节日里还有一些已经徒步走了五天的朝圣者。晚上，一个小孩被鞭炮炸掉了一根手指。他大声哭喊着，质问"圣耶稣"为什么会允许这种事情发生。

星期天我们踏上了归途。仍然是一路颠簸，浑身是灰尘，我们靠着黑豆和"普林嘎"—— 一种巴西甘蔗酒——来支撑着自己。今天一天的日程安排得非常紧凑。你看：上午十一点，要与巴西的哲学家们进行座谈会；下午一点，与这里的法国人共进午餐；下午两点半，在法语联盟参加座谈；下午四点，参观蛇类饲养场并观看蛇斗；晚上八点，还有一场演讲。接下来，我恐怕要一直被人称为"博士"和"教授"了，这些过誉的称呼让我感到一阵阵疲惫。但我恐怕更应该为接下来的日子感到疲惫——我还要继续长途跋涉，跨越不同的经纬线——明天早上，我将前往南方的阿雷格里。后天，我则要飞往智利。

不过，时间确实在流逝，它让我离你越来越近。昨天在路上的时候，我一直在想着你，心里想着，如果你在这里，我们一定会一起开怀大笑。我也更加深刻地体会到你在我的日常生活中占据着多么重要的地位。你已经融入了我生活的每一个细枝末节，深入了我的内心深处。所以，当你不在我身边时，我才会感到如此空虚。你的缺席让我心神不宁。于是我呼唤着你。但你离我实在是太远了。

星期六晚上在伊瓜佩，在森林和河流之间，海风带来了潮湿的空气，我在即将消逝的夜色中茫然地寻找着什么。我也不知道自己到底在寻找什么。然后突然，我想到了你轻轻地靠在我胸口的肩膀——你的眼睛里，有我们共享的寂静——在那个仿佛世界尽头的荒凉地方，我们一定会非常幸福。啊，多希望此刻有风吹过……

请给我写信吧。告诉我你正在做什么，在想些什么。对我敞开心扉——告诉我你属于我。我亲吻你，我的爱人，即使我们相隔遥远，我心中的热情也丝毫未减。我正在等你。还有两周，我就要准备启程回国了。我既有些激动，又有些紧张，我想到那时你会在我身边，仍然属于我，对吗？

阿尔贝

亲爱的:

我已经在圣地亚哥待了两天，这次旅行带来的最大失望就是没有收到任何信件。已经十四天没有收到你的消息了，我不知道你能不能理解这意味着什么。我想尽全力相信，可能我的信件因为某些原因在里约被耽搁了，但我还是无法理解为什么。但有时候，我忍不住想，也许你根本没有给我写信，然后我就陷入了一种我最好不要跟你谈的状态。我越来越迫切地等着里约的消息。后天我将前往蒙得维的亚，待两天，星期天或星期一，我会再回到里约。

亲爱的，请你在里约给我写信，哪怕只是一个字，告诉我月底你会在哪里。我在黑夜中寻找你，试着猜测你是在巴黎，还是在埃尔梅农维尔，或者你是转身而去，还是正睡着。真是该死的幽

我
爱
你
，
孤
独
地
爱
你

115

灵，你的面容越来越模糊，从我身边远去。已经一周了，我的心像枯萎了一样。

然而，这个国家是我自旅行以来唯一令我感动的地方。太平洋的波涛汹涌，圣地亚哥夹在它和雪山之间。开花的杏树、橙树在白雪山巅的背景下显得格外醒目。这一切都很壮丽，我希望能和你一起欣赏。但也的确，这里给我显示的生活依旧是那样愚蠢。疯狂的世界，无尽的日子，几乎无法忍受的孤独。我刚刚结束了一场演讲，现场挤满了人。这样的日子让我筋疲力尽。

但我只需要再熬十天了。到了里约，我就能知道你的消息了。你会像我一样迫不及待地等我吗？我们将一起生活，一起奋斗，一起希望。亲爱的玛丽亚，不要再灰心丧气，要重燃希望。朝我走来，和我一起。不要让我远离，无法求助，不能反抗，如果我们的爱受到了威胁的话。请求一个来自你的信号，一个信号就足够，生命将重新充满可能。啊，我再也说不出话来了。沉默让我哑口无言，心如刀绞。我爱你，我爱你，孤独地爱你，在这可怕的寒冷中。

有人来找我去吃晚餐了。我会从蒙得维的亚再给你写信的。已经一个半月没见你了！但是亲爱的，你会重新展现出我喜欢的那个灿烂面容——很快，是吧，我的爱，你会和我说话，触摸我。终于是肉体的接触了，是真实的，是我们的爱。亲爱的，再见。像几个世纪前那样吻你。

A.

我想和你一起睡到世界的尽头

亲爱的：

我终于收到了你的来信。在这漫长的十八天杳无音信的日子里，我没有收到哪怕一封信，甚至开始怀疑这一切是否仅仅是因为物理阻碍。昨晚，刚抵达里约，我已是疲惫不堪、彻夜失眠，我匆忙赶到大使馆，却发现那里空空如也。那一刻，我真的彻底崩溃了。

在这十八天里，我一直在与疲劳、深深的抑郁、无眠的夜晚、繁重的工作以及没完没了的人群喧嚣和各种询问作斗争，我唯一的希望就是回到里约，看到一切安好，确信你还在那里，确信你仍然爱我，确信我终于可以再次见到你。可是，迎来的却是再一次的空虚，这一次几乎让我确信，我将再也无法见到你。我在黑暗中给你写信，但最终还是撕掉了那封写得语无伦次的信。

今天早上，市中心一家大使馆的办公室终于转交给我一些邮件，我差点气疯了，但你的信就在那里。只有两封，准确地说，是八月五日和八月十一日的信。我不知道是否还有其他信件散落在这片广袤的大陆上，或者它们是否已经永远丢失了。除非你很少给我写信，当然，这也有可能。

但无论如何！在这漫长的寂静之后，重新读到你的信，重新与你相遇，特别是被你的爱意包围，我变得无比渴望，渴望着你的温柔！你因为我回信的方式而感到痛苦，认为我缺乏爱意吗？啊，亲爱的，你一定没有仔细体会我信中的真正含义。是的，焦虑、对未来的忧虑，以及清醒的理智，这些都让温柔似乎难以完全展现。但我写下的，是我对我们爱情的最高赞美，我以最崇敬的心情谈论它，用我的真心去表达，其中充满了理智和激情。

我能想象你的"危机"，我等着你来告诉我。但如果它能让你更加靠近我，那么其他的一切都无关紧要。就像现在我捧着你的信，所有那些孤独的日子都烟消云散了。然而，让我感到烦恼的是，我真的很累。我本希望带着充沛的精力回来，却带着疲惫的面容归来。

这次旅行实在是太耗费精力了。飞机、演讲、各种接待、没完没了的记者，以及来自世界各地狂热的女性，而第二天又不得不继续这一切。我感觉自己就像费南代尔或玛琳·黛德丽一样疲惫不堪。而我，平时连和四五个人以上的社交都难以忍受，现在却因为过度的"人际接触"而感到内心受到了极大的损耗。巴黎对我来说简直成了孤独和寂静的代名词——简直就像一座修道院。而且，最让人疲惫的是，我不得不在人前扮演一个我并不擅长的角色。很多人都说他们爱我，或者只是假装爱我，而我，除了两三个人之外，根本不爱任何人。我一直在等待，等待真正爱情的降临，而它们终于到来了。我只希望自己能尽快恢复健康，摆脱这种内心的抑郁。也许在未来的回忆中，这片大陆的某些地方，某些时刻，会重新变得"富有意义"。或许是智利，我一直很喜欢那里。

亲爱的，我刚刚收到了你的"最后一封"信！你给了我多么大的力量！我现在满怀期待地盼望着我们的重逢，一切都将从那时重新开始。你信里说的一切，我早已知晓，也和你一起感受了所有那些痛苦。但我一直在爱你，一直在等你回到我身边。而你终于要回来了，我正迎接着你。

几天后，我们将迎来平静。那将会是一种充满挑战、伴随着雷鸣闪电、时而夹杂痛苦的平静。但是你的信任，你给予我的那种确定感，让我坚信我们的爱将不会再有那些丑陋的束缚，也不会再有彼此间的嫌恶和痛苦，那种情感让我只能拼尽全力去承受，即便它让我变得如此虚弱。你的幸福，你的笑容，你的快乐，是我活下去的动力，它们让我超越了自我。我正在等待着和你一起经历这一切。我想和你一起，睡到世界的尽头……

等你收到这封信时，我应该已经在回程的路上了。也许你会和我同时收到我的电报。我不知道你是否能完全理解我所说的，但如果你已经通知了罗伯特，他会在机场等我。但也许你最好还是在沃吉拉尔路等我。我不太确定，真的不太确定了。只要能见到你，其他的一切都不重要。或许我会带着疲惫的面容抵达，但如果真是这样，请不要失望。既然这可能是我寄出的最后一封信，我至少想让你知道，这两个月以来，你一直都在我的心中，我从未停止过爱你，你是我心中最古老也最新鲜的念头，我的支柱，我的避风港，我唯一的牵挂。请接纳我，亲爱的，在远离一切喧嚣的地方，请再庇护我片刻，然后我们就可以重新开始那段永不倦怠的爱情。你全心全意的爱，是我所渴望的——而我也是如此。亲爱的，再见，很快就能见到你，我独自一人因即将到来的幸福而傻笑着，内心激动得仿佛回到了一九四四年六月六日那一天。

A.

月
亮
从
松
树
后
升
起
，
寒
冷
而
美
丽

我亲爱的爱人：

我刚到这里，从阳光明媚的沃克吕兹地区来
到了这片荒凉而严酷的高原，我脱下了短裤，换上
了夹克。我住的地方离最近的村庄有五公里远，是
一座类似坚固农舍的房子。这里没有自来水，铺着
木地板，天花板上是裸露的横梁，窗外是一片黑
松林。

我曾在一九四三年的秋天、冬天和春天，在
这里度过了几个月。我记得一九四三年我只下山了
一次，那是去巴黎见《悲伤的迪尔德丽》剧组。那
时我过着绝对孤独的生活，身体不好，而且非常贫
困。我留在这里的回忆并不愉快。那时我总是感到
悲观和沉重，而今晚重返此地，我又重新体会到了
那种沉重的心情。我一直在路上想着你，想着我会
一直收不到你的消息，直到星期二或星期三，这种

等待让我感到难以忍受。

如果你在我身边，一切都会变得不同。我会带你参观这里，带你去我和我的狗一起走过的树林，带你去我曾坐着看海的高地，带你去走那条曾在某一天失去你的孤独之路。

你知道吗，自从那时起，我再也没有真正感到孤独过。即使离开了你，也总有某种东西陪伴着我。一个与我紧密相连的存在，无论他自己是否愿意，而今天，甚至全世界都无法将我们分割。今晚，在这间安静的屋子里，我又找到了你，一种强烈的情感，痛苦与喜悦交织在一起，它们如此真实、如此深刻，以至于我感到身体都隐隐作痛。

你今晚在做什么呢？

此刻，月亮从松树后升起，清冷而美丽。我的爱人，我对你的思念如此强烈！我的忧虑再次涌上心头。在巴黎的那些日子里，我完全沉浸在与你相处的时光中，太过疲惫而无暇思考其他，只能感受你、触摸你，在我心中轻轻地呵护着那种难以言喻的幸福。我曾是多么幸福，那种幸福难以用言语形容。现在，焦虑又重新袭来，失去你的恐惧和惊慌也如潮水般涌来。但我告诉自己，我需要休息和睡眠，你也需要我的力量。

其实我今晚本不该给你写信，我明天早上会继续写这封信的。但我觉得心中充满了回忆和渴望，被你深深地牵动着，我需要和你说些什么，如同我渴望的那样，与你面对面倾诉，偶尔停顿下来，凝视着你那温柔的眼神。亲爱的，我真的需要一个信号，仅仅是一个来自你的信号，我才能继续生活下去。

1949 年 9 月 11 日，星期天，下午 5 点 30 分

昨晚写完信后，我便上床睡觉，一直睡到早上八点才醒来。起床后我又躺下，读了会儿书，然后又睡到中午。吃过午饭后，我再次躺下，直到下午四点才醒来。我感到头脑昏沉，疲惫不堪，脑海中充斥着一些不愉快的梦境，于是我便去树林里散了散步。然后，我又不由自主地回到了对你的思念中。当你收到这封信时，我们之间还将隔着一周的时间。我已经无法再忍受这种等待，我决定不再延长这次停留：我会在二十号回去。在此之前，我会尽力好好休息。我的内心感到空虚，似乎除了在梦中重温那几天的幸福时光，我什么也做不了。

我并没有活在幻想之中。你给予我的温柔和智慧是我获得的最宝贵的东西，但我也知道它们有可能受到动摇。但是，我选择了你，我只选择了你。即使会有艰难的时刻，与你在一起的一切仍然比远离你的一切更有价值。我也会尽力去工作，继续进行剧本的创作。那样至少也是一种与你同在的工作方式。但我现在完全没有工作的动力，只有一股强烈的情感冲动。或许正是这种感觉，能帮助我改进剧本。千万不要像前几天那样对我说，你不想参与其中。无论如何，请陪伴在我身边。即使我们争吵，那也是好的。让我们争吵吧，然后你像往常一样对我微笑，而我一定会喜欢亲吻你那迷人的笑容。

是的，我会回去的。你会在那里，一切都不会改变。再过两三天，我就能收到你的信，再次写下那些我现在还无法表达的言语！再等两三天，我就能结束这场让我困扰不已、几乎让我感到隐隐作痛的内心独白。我甚至开始有点害怕自己是不是要疯了。但睡眠会解决一切的。

寒风已经刮起，日子在这片寒冷而荒芜的高原上缓慢流逝。孤独有时也变得难以忍受，那种苦涩难以言喻。请写信给我，一定要写信。别忘了，你的信要经过三趟火车和一辆巴士才能到达这里，至少需要两三天的时间。也别忘了，这里的两三天，比巴黎的两三天要漫长得多。请告诉我巴黎的情况，告诉我你一天都做了些什么，你的工作，夜晚的时光，睡前的想法。我在这里等着你，我爱你，并以无比深沉的爱吻你，我的爱人。

A.

亲爱的我的爱人：

　　这些日子我都在睡眠和梦境中度过，也在焦急地等待你的来信。我不敢奢望今天能收到，但如果明天仍然没有……那将意味着整整一周的杳无音信。沉默是最令人恐惧的。然而，本不该如此。确信和信任本应填补这些空白。我本该确信你就在我身边，不需要你任何形式的讯号。但我还是需要，需要时刻确认你在我这里，确认你属于我。夜晚，我总是梦见你——这在过去从未发生过。坦白说，这些梦并不总是美好的。但我常常在醒来时，嘴里还留着你的味道——至少当醒来时没有被可怕的焦虑感吞噬时，是这样的。

　　我尝试着工作，但我感觉自己像一块耗尽电量的电池，毫无进展。昨天我收到了埃伯托的来信，他请求我为《白鲸》的节目单撰写一些文字，

埃尔梅农维尔的夏天

127

并告诉我首演定在二十七号，因此我推测我们的排练可能要等到二十八号才会开始。

这是我这一天里发生的唯一的事情。其余时间我都用来阅读，读了很多书。《二十五小时》，一本罗马尼亚小说，读来令人彻底绝望，让我心情非常低落。我还在读一位朋友的书，《灌木化为灰烬》，曼尼斯·斯珀伯的作品，它似乎也同样令人沮丧。

天气阴沉沉的，寒风刺骨。我正在等待来自巴黎的消息。除此之外，我感到自己完全丧失了想象力和感受力——我的心一片死寂。然而，当我想起你，回忆起你的容颜、你的动作、你的身体，以及我们之间的激情时，生命和热情便又重新燃起。你在等着我，对吗？请告诉我电影的情况，告诉我你一天都做了些什么，告诉我夜晚的时光。告诉我关于你父亲的事情。还有很多关于你的事情我还不了解，我等着你坦诚地告诉我。我知道，一切终将到来，我也相信，我们将如我们所期盼的那样，紧紧依偎在一起。

啊，亲爱的，你还爱我吗？你还记得埃尔梅农维尔的那个夏天吗？记得黄昏时美丽的树木，记得跃出水面的鱼儿吗——那是永恒的夏天，我感受到了发自内心的幸福。我欠你生命中最美好、最宁静的时光，那些人间难得的幸福日子。那天晚上，我是第一个醒来的。但我害怕时间的流逝，多么希望时间能够停留在那个完美的瞬间。那也是你曾经对我说过的一个时刻。再见了，亲爱的，距离与你重逢只有几天的时间了。但这几天却显得如此漫长。只有当我真正踏上归程，朝着你而去时，我的心才能真正放松下来——然后我将毫无保留地投入你的怀抱。但在那之前，我只能忍受等待、爱意与焦虑交织的煎熬。我把我的爱送给你，并带着深深的渴望亲吻你。

A.

我靠近你，活在你之中

亲爱的我的爱人：

我本已决定今天不再期待你的来信了。但它最终还是来了。我非常高兴，你的信也传递了你的喜悦，我感到我们心意相通，这一次不再是那种剧烈而令人撕裂的爱，而是一种更加深沉、令人感到幸福的温柔，它带给我深深的平静。谢谢你，亲爱的，谢谢你能表达出这一切，并成为幸福和温柔的化身。

得知你在巴黎的街头被人围观，我有些恼火。我在南美洲的疲惫，一部分原因是我无法忍受自己被随意打量的目光包围，而你也不是为了忍受这些而生的，即使你的职业有这样的要求。我只希望你能尽快好起来，尤其是在工作室里。我更希望你能早点结束这些事。那些围绕在你身边的人，我觉得自己待在一起哪怕超过半天都难以忍受。

你出演《朱迪斯》是件好事，你接受这个角色是正确的。但我不太喜欢那个为期四个月的经典戏剧演出的提议。这种提议背后隐藏着一种压抑的欲望。经典戏剧的好处是它们可以被用来演绎各种主题，但有时，可怜的它们也被拿去和一些奇怪的东西混杂在一起。我知道你足够成熟，能够将这项工作保持在经典的范畴之内，但这件事还是让我非常恼火，甚至让我想要写信给我们的朋友，要求他换个剧目。当然，我随时可以这样做。他真是个奇怪的人！他甚至能把最自然的事情都弄成一种矫揉造作的伪装，我们试图从他身上找到人性，却往往一无所获。尽管如此，他还是很有魅力，像个孩子一样。当然，我会给玛德琳·雷诺写信的。

　　我有些担心你疲惫的状态。你不应该对一切都如此冷漠。去看医生，让自己振作起来，喝一些提神的东西。最重要的是，要多睡觉，尽可能多地睡。如果可以的话，尽量多吃点东西，要带着胃口去吃。

　　我写信的时候，外面正下着倾盆大雨，雷声隆隆。我今天一整天都在做梦，梦到和让、卡特琳娜一起玩耍——他们变得更加鲜活，不再像城里人那样麻木和漠然。卡特琳娜的一只眼睛有些近视，这迫使她必须更多地使用那只眼睛去看东西，也导致她的眼睛有些严重的斜视。眼镜原本是为了矫正她的近视，从而消除这种歪斜的效果，但这可能需要很长时间。我看到她那张美丽的面容被如此愚蠢地扭曲着，感到非常难过。

我仍然没有开始工作。但在收到你的信之后，我发现自己开始规划未来几个月的工作了。只有在我工作欲望强烈的时候，我才会这样做。我意识到，是你带给了我这种信心，让我意识到自己能够完成所有未完成的工作，并将所有的精力都投入到我想做的事情中去。是的，我可能没有完全准确地表达出你的信带给我的感受，但我知道，它让我的内心充满了难以言喻的喜悦。我吻你，我爱你，我靠近你，我活在你的心中。请写信给我。很快，我就能把你紧紧地抱在怀里。但在那之前，我将源源不断地奉上我的爱。

停电了。雷电击毁了电路。夜里，我在黑暗中写下了你的名字，亲爱的玛丽亚。

A.

我亲爱的爱人，亲爱的：

今天收到你的信，我真是欣喜若狂！我刚从梅岑高原的一次长途自驾旅行归来，那里风光辽阔，空气清新，火山岩山峦无边无际地展开。我有些疲惫，但归家途中一直期盼着能收到你的来信。你没有让我失望，尤其是……我没想到我在这里写的第一封信会如此悲伤。但我并不后悔，因为它促使你如此用心对我倾诉，告诉我我从我们相识之初就一直渴望从你那里得到的回应。

我刚到这里时，感到非常悲伤和失落，而更深的痛苦则源于这几日失去了你，失去了那个支撑我目光和情感的支点。缺席，缺席，还是缺席，我曾以为自己再也无法忍受这种持续的痛苦。但收到你的第一封信后，我重新获得了希望的力量。我需要知道你就在那里，我依赖着你，与你同在。

敞开心扉，平静地溢出所有想象与情感

133

我又一次离开了你，回到了一个让我们都感到痛苦的生活中。我能想象你可能会有的各种想法。想到你可能会失去信心，我自己的信心也开始动摇。但你写信告诉我，你在等我，你爱着我！是的，就像我毫无保留地把自己交付给你一样，我把自己完全地交给你。给予得越多，收获也越多，这似乎是某种自然的规律。对我而言，直到我完全向你敞开心扉，我才真正认识了自己。

　　今天的这封信对我来说意义非凡，我会永远珍藏它，尤其是在那些艰难的时刻。这是充满承诺的一天。我也在此向你承诺，我会用我最炽热的心来回应你，平静而坚定地做出我的承诺。愿你快乐，放松，好好工作。尤其要好好恢复体力，让自己变得更强大，因为我们是彼此的支撑。不要浪费你的精力，我们需要它。

　　也正因为如此，我想请求你原谅我过去表现出的诸多软弱和沮丧。那时的我就是那样，我必须对你坦诚。的确，我从未经历过如此深重的抑郁。为了走出那段阴霾，我竭尽了全力。现在，我知道自己能够走出来，因此，我本该更早地告诉你这份信心，而不是把我的疲惫也加在你的身上。所以，请原谅我，也请明白，我唯一的借口是我对这种全然交付的温柔的陌生。过去，我从未如此完整地向任何人交付过自己，只有你，而且也是最近才开始的。只有当你紧紧拥抱着我，让我能够敞开心扉倾诉时，我的内心才会平静下来，所有的思绪和情感才会自然流淌。

现在，我感觉好多了，体重也增加了一些。有时仍然会涌上一些阴暗的念头，但我决定将它们转化为工作的动力。我几乎什么都没做，但这会来的，一定会来的。我睡了很多，仿佛把过去几年都补回来了，但即使在梦中，我也在爱着你，将你带入我的梦境。我还不确定我回程的最终决定。到星期一我会再看看自己的状态。如果我们直到十三号才开始排练，那就太好了！那样在忙碌的工作、寒冷的冬天和巴黎来临之前，我就能有更多的时间与你相聚。我会见到你的……

亲爱的，谢谢你，谢谢你的一切，谢谢你发自内心的每一份关怀。我献上我的承诺，也珍藏着你的承诺。我像初次相遇时那样亲吻你。

A.

我答应过，要给你留下一些话语，作为陪伴

亲爱的：

　　这封信是我一直想写给你的。放心，这是一封充满爱意的信，与我们之间的痛苦无关。只是，随着总彩排的临近，我越发感到难过，想到你会感到孤独，我的心里便充满了悲伤。我曾答应自己，要留下一些话语给你，作为陪伴，帮助你在这属于我们的黑夜中，仍然活在我的身边，与我一同度过。

　　我只是没有料到自己会如此疲惫。我不确定能否清晰地表达我想说的话，但我会尽力尝试。稍后，你就要离开了，而我却无法与你同行。仅仅是想到这一点，就足以让我的心中充满不舍和痛苦。但你一定要知道，你并不孤单，我将与你一同呼吸、一同生活、一同呼喊。整个过程，我都会与你同在。我知道，每个人内心都有一片不容侵犯的孤独之地，任何人都无法真正触及。我最尊重的，也正是这片孤独。对于你，我从未试图触碰或占有它。但在其他所有方面，我知道，没有你的痛苦和喜悦，我的人生便不再完整。

我们之间有许多障碍需要克服，才能真正地活出这份爱，这份如今已经让我日夜窒息的爱（而孤独中的渴望和爱的夜晚，是如此沉重而漫长）。我们终将克服这些障碍。但我已然明了，我与你之间维系着最强大的纽带，那是生命的纽带。这正是我一直想向你解释的，但我始终未能清晰地表达出来。

人们常说，我们会"选择"某个人。而你，我并没有选择。你偶然闯入了我那时并不值得称道的生活。而从那时起，一切都开始悄然改变。尽管我曾有些抗拒，尽管那时你远在天边，走向另一种生活。

自从一九四四年春天与你相遇以来，我所说、所写、所做的一切，都在深层次上与过去截然不同。因为有了你，我的呼吸都变得更加顺畅了。我不再厌恶那么多事物。我能够自由地欣赏那些美好的事物。遇见你之前，没有你的时候，我什么都不愿接受。你曾嘲笑的那股力量，实际上只是孤独的力量，拒绝的力量。而和你在一起，我接受了更多。我学会了一种新的生活方式。

并不是说我会因此变得更好，我知道我身上总会有不足之处。但人会或多或少地接纳自己，以及自己所做的一切。正是通过这种方式，我们才能真正成长，成为一个完整的人。和你在一起，我感觉自己才像一个真正的男人。或许正因如此，在我的爱中，始终交织着一种深深的感激。我因你的一滴眼泪而心痛，因为我感到自己的渺小和无力，心中怀着那份深沉的温柔和奉献之情，却难以用言语表达。

我从你那里感受到了比我预想的更多的痛苦。即使是今天，我心中关于你的思绪也充满了痛苦。但即便如此，在所有这些痛苦之中，你的容颜依然是幸福和生命的象征。对于这一切，我无能为力，我从未刻意追求什么，只是完全沉浸于这份填满我内心空洞的爱，直到它盈满我的心灵。以我的本性而言，我再也无法做其他任何事了，我深知这一点，但我会爱你直到生命的尽头。

你看，我写给你的是一封情书。真正的爱情，就是在爱敌人的同时也深爱着亲密的伴侣，直到一切融合成一种强大的幸福，这份幸福在生命的每一刻都充盈着我们周围的空间。今晚，你将如我所爱的那般美丽而动人，一如我始终期待的那样，我从未失望过。不，我错了，此刻你正在读着我的信，而你已经是如此美丽而动人。而我，身处人群之中，却仍然紧紧地将你拥入怀中。如此渴望，如此无尽，就像此刻我正用我全部的骄傲和爱将你紧紧地搂在怀里一样。

A.

1950 年

所有心地善良的人，都有我母亲的眼睛

　　我离开了你*，时间就这样不知不觉地流逝了——我处于一种麻木的状态。登上火车，听到汽笛声时，我才猛然醒悟过来，心中涌起一阵莫名的悲伤。我环顾四周，车厢里的乘客让我感到失望。那是一群相貌平庸、庸俗不堪的人。我想起了《正义者》——我心想，或许唯一的正义就是重新分配不公。我们进行革命，只是为了让其他人来占据这些卧铺车厢。真是讽刺。然后我躺下，吞了一片安眠药。直到黎明时分才勉强入睡。车轮的哐当声、列车停靠站台的声音、黑夜中奔跑的人影、人们的叫喊声。我一直都在想着你，想着你。我究竟在做

----

* 为了治疗肺结核，阿尔贝·加缪被送到位于格拉斯附近的卡布里斯，进行为期三个月的疗养。他和妻子弗朗辛住在一起，而他们的孩子则住在祖母家。

什么？这是我脑海中唯一的念头。

早上八点，我醒来，拉开窗帘，我正对着大海。但我内心毫无波澜。洗漱完毕后，我去了餐车——我们正在穿过埃斯特雷尔山脉。那里的树木、山丘、红色的土壤，都无法在我心中激起任何涟漪。过了圣拉斐尔之后，大海再次映入眼帘，我仍然毫无感觉。

在戛纳，我被瓦洛里斯太阳疗养院的车接走了。不幸的是，疗养院的主任和他的夫人亲自来迎接我。

"我以为您看起来会更老一些，老师。"

"是的，夫人，虽然我年纪大了，但外貌似乎不太相称。"

"巴黎的生活怎么样，老师？"

"哎！起起伏伏，夫人。"

诸如此类客套话。最后，我终于抵达了卡布里斯。这里一片宁静。村庄前面是一片开阔的景色，山顶上的空气清新而轻盈。我内心深处的一些东西被唤醒了。空气中弥漫着草的清香。我看到了埃尔梅农维尔九月那美丽的天空——突然间，一股混杂着愤怒、绝望和爱的情感猛烈地涌上心头。

我躺在旅馆的床上给你写信。这是米歇尔不太喜欢的那种房间，但我在这里能找到片刻安宁。我正在等待那座房子的整理工作完成。我听到村庄里的喷泉水流声轻轻地从窗外传来。我爱你，我仿佛重获新生。我将在这里和你一同生活，即使生活充满了痛苦，但依然会充满爱意。我等着你——首先是等着你的来信。请把信寄到：滨海阿尔卑斯省格拉斯卡布里斯，A. 加缪收。就写这些地址就够了。我再说一遍：滨海阿尔卑斯省格拉斯卡布里斯。快点写信，告诉我你的一切。我也会告诉你我的一切。今天，我一整晚都没睡好，但我还是努力整理了这些思绪。尽管如此，请记住，我的悲伤仍然没有离我而去，尤其是那份充盈我内心的、坚不可摧的爱，它的坚定让我感到一丝温暖。

　　玛丽亚，亲爱的，一切都像一场噩梦，但我们会一起醒来。永远在一起。我吻你，紧紧地抱着你。啊！我如此痛苦。我离开了你。

　　　　　　　　　　　　　　　　　　　　A.

1950 年 1 月 4 日，星期三，11 点

我亲爱的爱人：

我仍然躺在旅馆的床上给你写信。说实话，这间房间真是个阴暗肮脏的地方。昨晚寄出给你那封信后回到房间，我的抑郁症又发作了。这间低矮、寒冷、毫无生气的房间，我躺在堆成一团的行李中，感觉一切都仿佛永无止境。幸运的是，我最终还是睡着了。

今天早上，我感到精神好多了。我想我们今晚就能搬进那座有趣的房子。至少在那里我可以更好地安排自己的生活——或者说，尝试着安排。我已经知道邮局早上六点就开始送信了。所以我每天晚上都会寄出我的信，你大概两天后就能收到。你的信应该会更快送到，因为它们是中午投递的。如果你能在前一天中午之前寄出信，我大概就能在二十四小时内收到。这些计算信件往来的小事，在别人看来微不足道的小事，对我来说却是支撑我活下去的动力。

今天天气晴朗。天空湛蓝，阳光明媚——但我手臂仍然僵硬，心脏依旧冰冷，脖子也难以转动。昨晚十一点，我想着你。"现在一切都会好起来的……"唉！但我发誓我不会

再写这些抱怨的话了。只有我的爱，它支撑着我活下去，也让我变得坚强。我会毫无保留地告诉你我的每一天。没有任何隐瞒。我的生活大部分时间都会在长椅上度过——而我的心——每次转向你的时候，都会感到无比的放松。

比如昨天，我在晚餐时看着为我们服务的意大利女服务员，我喜欢她的面容——她是个心地善良的女人。弗朗辛对我说，我总是容易被简单的事物打动。我回答她说，其实并不是这样，但所有心地善良的人，都有我母亲的眼睛。然后我想，我竟然与我最爱的人分隔两地，无法相守，这真是奇怪的人生。想到这里，我感到非常悲伤，于是便独自回到房间，在安静的环境中反思。

再见了，我的爱人，我亲爱的玛丽亚。我与你同在。我属于你。是的，这是一种持续不断的给予——这让我感到无比的幸福。我等着你的来信，等着感受你的生活和你的爱，并从中汲取我所需的力量。每当我想到你周一时的神情，我的心就会怦怦直跳。啊！我亲吻你，亲吻你那美丽的双眼。快写信给我！

A.

中午。我不能让这封信在没有表达我对你的爱的情况下就寄出，这份爱充盈着我的内心，我不能让它就这样离开我。亲爱的，保持坚强，等着我——最重要的是，爱我，永远爱我，直到永远。

猫，和我一天一天的生活

　　从昨天开始，一切都变得糟糕透顶。我终于安顿下来了，却也提前品尝了这三个月煎熬的滋味。你可以想象，我独自一人躺在这里，日日夜夜都被思绪和情感缠绕着。昨天下午安顿好之后，房子冷冰冰的，即使壁炉里燃着火也无济于事。我已经开始有点感冒了。寒冷的黄昏，阴影笼罩着整个山谷……

　　晚上八点我就躺下了，读着司汤达的《论爱情》。在这种心境下读这本书真是大错特错。然后，我便开始失眠。直到凌晨三点，我都在床上辗转反侧，脑海中不断涌现出可怕而暴力的画面，仿佛已经给你写了十封信，但今天早上我却连一个字都记不起来。今天早上，我感到筋疲力尽，茫然地望着阳光从两扇窗户照射进来，我仅存的力气只够意识到一件事：今后我再也不能离开你——我下定决心，无论如何，等春天我回去的时候，我绝对不会再接受任何形式的离别。这是唯一能让我稍微感到平静的念头。此刻，我正在向一个未知的神祈祷，祈求神赐予你力量，让你能够等待我——与此同时，我也在努力凝聚我所有的能量，支撑到那时，不让你为我担心。

以后我会再给你描述这座房子和周围的风景——我的房间——那片巨大、明亮而冷峻的光线（我感觉自己就像是宇宙光辉中唯一的一个黑点），还有那只猫，以及我日复一日的生活。今天，我只想倾诉我此刻的心情。至少让我在这段流放的日子里，完成我的工作，等春天一到，一切都将从各个方面重新开始。我知道，新的生活将从那时起真正开始！未来的几个星期！

我现在手边放着你的照片。这让我更加心痛！你至少能感受到我有多爱你吗？那份疯狂与清醒交织在一起的爱？我的爱人，我多么希望明天就能收到你的信。它会让我重新焕发活力，你会和我说话……请原谅我写了这样一封信，我实在是忍受不住了。

但从今以后，我会尽量平静地给你写信。尽我所能地保持平静。无论何时，无论何地，都不要丢下我。没有你，我活不下去，周围再美的风景也无法吸引我。我在这里等着你，我恨不得立刻就见到你。我给你写信，也恨不得立刻消除这段空虚。你，你的手，你的身体，你的嘴唇，这些才是我活下去的动力。告诉我你在等着我，告诉我你爱我。安慰我这个只知道爱你、已经无法在你之外生活下去的男人。我亲爱的，我悲伤地吻你。但这个吻，承载着从巴黎分别至今我心中积攒的所有爱意。

A.

终于收到了你的来信，读到它的那一刻，我才意识到，我一直以来缺失的正是它。它让我为昨天写给你的信感到些许羞愧，但也赋予了我新的力量。它给了我莫大的帮助，最重要的是，它让我下定决心不再屈服于那些剧烈的情绪波动。我为你感到骄傲，真的，我为我们之间这股日益强烈的爱意而惊叹。是的，你在帮助我。但我同样必须成为你的支柱，如果我任由自己沉沦于低谷，就无法成为你可靠的依靠。

其实我有时甚至不太认识这样的自己。我一直很讨厌自己偶尔会流露出的那种负面情绪。或许是因为疲惫，又或许更可能是因为一种内心的抗争——一种因为终于找到了你，却无法时时刻刻与你相伴的抗争。我想，我并非刻意去爱你。但现在，你让我明白了万物的真正价值，而所有与你无

在你孤独的房间里，也为自己美丽

151

关的事物在我眼中都显得那样贫瘠、毫无意义——仿佛有什么东西在阻止我成为真正的自我。

然而，所有这些原因都不重要。请原谅我那些偶尔的小情绪，它们丝毫不会改变我对你深沉的爱意和坚定的忠诚。接下来的三个月，让我们共同努力，让彼此更加充实，而不是更加空虚。我们都已经不再是懵懂的孩童了。我早已不是，而你也刚刚完成了蜕变。但作为交换，我们拥有了彼此的坚定、强大的内心和成熟的智慧。既然我们确信彼此属于对方，并且这份爱能够克服一切障碍，永不枯竭，那么就让我们坚持下去，用尽所有的力量去战胜眼前的困难。

昨天，落日时分，我心中浮现出这样的想法：我们的爱如同海洋般深邃而浩瀚，任何阻碍它的事物——无论是你我的情绪（你的怒气，我的心神不宁）——都像投入大海的石子，只能激起些许涟漪，而海洋依旧平静如初。

是的，我爱你，我敬佩你，我渴望你，我愿用我的一生来等待你，怀着平静而炽热的爱。请不要有任何怀疑，不要怀疑任何事情——你可以完全、彻底地相信我们的爱。好好生活，好好工作，继续成长，为了我，也为了你自己而保持美丽。即使，在你独自一人的房间里，也要为了自己而美丽。

耐心等待那个春天的到来吧，到那时，我将再次把你拥入怀抱，终于可以像此刻这般渴望地亲吻你。

我最感激你的，是你帮助我以正确的方式度过了这次病情的复发。你无法想象这对我的意义有多重大。要向你解释清楚，我需要详细地谈谈我与疾病之间的关系。我曾害怕再次陷入冷漠无情的深渊，重新变成曾经那个冷酷的自己。但因为有你在我身边，我重新找到了前进的力量，去克服或者至少是努力克服这新的阻碍。

我挚爱的爱人，今晚我将整个身心都奉献给你——我思念你——我渴望拥有你的一切。你，终将，可以紧紧地依偎在我身旁！请一定要写信给我。为了我们，请好好照顾自己，远离尘世的喧嚣，那样很好。保持内心的平静，过着简单朴素的生活，享受片刻的宁静。

晚安，我的挚爱，晚安，我的珍宝，我的秘密，我心中炽热的火焰。我爱你，我守护着你。请写信给我。

阿尔贝

给你画一下我的房子

今天天气晴朗，阳光洒满了我的房间。我想让你身临其境地感受一下我所在的这栋房子。它坐落在滨海阿尔卑斯山脉的最后一抹山麓上，朝南而建，四周环绕着小片橄榄树和柏树梯田。从我的房间，以及整栋房子里，可以欣赏到这样的景色：

右侧是坐落在高地上的一个小村庄，你会在我寄给你的明信片上看到它的全貌；前方和左侧是一片延伸至山谷的橄榄树林，山谷一直延伸到大海。夜晚，可以看到戛纳的灯光；白天，天气晴朗时，还能隐约望见大海。

房间的布局如下：

我的房间总是沐浴在阳光中，光线充足。我在这里的时候，没有人会进来打扰，无论是弗朗辛、佣人，还是正在修缮房屋的工人。这让我得以享受绝对的宁静。因此，我几乎一整天都待在这里，除了用餐时去厨房，或者中午短暂地散步。我的日常安排大致如下：

早上八点：起床，洗漱。早餐（这是我唯一感到饥饿的时候，所以会吃得比较多：鸡蛋、燕麦片、吐司等）。

九点到十一点：躺在床上工作（查阅资料、做笔记等）。

十一点到十二点：处理信件。

中午：散步。

下午一点：午餐。

下午两点到四点：接受治疗。

下午四点到七点：写作和其他工作。

晚上七点到八点：晚餐。

晚上八点到九点：和弗朗辛一起学习西班牙语。

晚上九点：上床阅读。

如果日程安排有所变动，我会及时告诉你。不过最近一切都照常进行，唯一的例外是我最近的工作状态不太好。我刚读完司汤达的《论爱情》，书中的许多观点都引起了我的共鸣，比如其中一句话："在爱之前，我之所以显得渺小，正是因为我偶尔会自以为伟大。"他还写道，到了二十八岁，爱情不再是轻松愉悦的，因为它开始变得炽烈而深沉。

我还开始阅读德拉克洛瓦的日记，它非常精彩，激发了我许多工作的热情。至于我的工作，我正在为一部政治文章集撰写序言，但这些内容现在离我的生活有些遥远，我很难找回那种写作的"状态"。

阿尔贝

今天上午天气极好，但现在天空渐渐阴沉了下来。黄昏想必会很难熬。此刻，你大概正在舞台上表演吧。要是我能悄悄地坐在剧场一角，默默地注视着你，而你毫不知情，然后在演出结束后……那该有多好啊。

昨天一切如常，波澜不惊。下午，一位来自格拉斯的医生带着他的妻子来拜访，他们是我朋友的朋友。我们在壁炉边随意地聊了些家常。他们很友善，但我心思始终不在这里。晚上，我感到有些疲惫，这次短暂的拜访似乎已经耗尽了我所有的精力。整个疗养的流程对我来说都显得如此刻意而虚假。我翻了几页德拉克洛瓦的日记，不久便沉沉睡去。但梦境并不美好。今天早上，尽管阳光依旧明媚，我的内心却仍然隐隐作痛。

于是我开始工作，校对了即将由夏洛特出版

我们在同一片天空下相爱，就该在同一片大地上相拥社出版的《奥兰的停顿》小册子的清样。你应该读过这篇作品吧？它是我在你我这般年纪时写下的，比我现在的作品更加"艺术化"。

上午十一点，罗伯特·贾索驾车前来。他脱掉衬衫，让阳光洒满胸膛，高声阔谈，喝了两杯茴香酒，为这栋房子注入了些许活力。然后，他便径自去休息了。我也去接受治疗，并尝试小憩片刻。但无论如何，我的脑海中始终萦绕着我们的一切。我一遍又一遍地想着我们，直到完全无法摆脱。

于是，我决定给你写这封信。稍后，我会陪罗伯特驾车去戛纳，然后再开车返回。很快，夜幕就会降临，随之而来的是又一个漫长的夜晚，以及日复一日的等待……我无时无刻不在思念你，同时又被那种无声却深刻的、对你的渴望所折磨——我似乎也在内心深处有意地强化着这种感觉。是的，是故意的，我甚至喜欢这种感觉，因为它至少是鲜活的，是真切存在的……

我努力将所有精力集中在工作上，但到目前为止，还没有真正进入状态。或许，这一切真的已经走到了尽头。有时，艺术家会永远停笔，但在尝试过所有方法之前，我们无从得知结果。

我期待着明天收到你的来信。你最近过得怎么样？告诉我吧，哪怕只言片语也好……我对你充满了难以抑制的期待和好奇。告诉我一切，即使是不利于我的事情，也请不要对我隐瞒。将你的真心完全交付给我，无论它是什么样子。

　　我亲爱的爱人，当我轻轻地将手放在你的肩上、腿上时，那是何等幸福的时刻！很快，就快要重逢了，对吗？更何况，我们能在同一片天空下相爱，就应该在同一片大地上相拥。我等着你的来信，我的挚爱。啊，这些日子真是漫长难熬！

　　　　　　　　　　　　　　　　　　阿尔贝

请永远用你的整颗心对我倾诉

今天天气不错。从昨天到现在没有什么特别的新鲜事，除了中午收到了你的来信。正如我所期盼的那样——它温暖了我的心房。但同时，它也让我有些担忧。关于你父亲的身体状况，我很想知道更多细节（血清的疗效如何？）。而我最担心的，仍然是你自己。

亲爱的，你一定要好好休息。你看，现在你也明白了，我们必须保持充沛的精力，这是多么重要。请好好照顾自己，守护好这世上我最珍视的你。如果你爱我，就请安心地在我身边放松休憩。这段空闲时光不会太难熬的——你还有我的信陪伴，我会用我全部的信任和爱来支撑你。每天的演出已经够辛苦了。如果你需要用钱，请务必告诉我，这同时也是在帮助我自己。我们早已是一体，这些都不算什么。

告诉我，告诉我你会重新找回健康的呼吸，会睡得香甜，会好好吃饭，会和我一起重焕光彩。请安抚我内心的担忧，这些担忧是真实存在的，也让我倍感煎熬。

关于科西嘉岛的事情，我之前就有所猜测。如果恰好与《科伦巴》有关，那就再好不过了。我很乐意为它创作剧本，我是认真的。和你的"团队"商量一下，看看是否有实现的可能。

听说《正义者》的演出一切顺利，我由衷地感到高兴。他们"喜欢"你吗？他们"欣赏"你吗？他们是否真正认识到你有多么优秀？这个巴黎，常常让人因它无法真正领略伟大的事物而感到绝望。但我们总是心存希望……

你做得对，把我的地址给了保罗·伯纳德。每当你觉得需要确认我们之间的联系时，就去做吧，这对我来说是一种莫大的欣慰。我感到，就好像我们终于……

是的，我们是彼此的归属，这是无法改变的事实，无论是谁，都无法改变，包括我们自己。事实就是如此。对我而言，这种归属感是一种神圣的喜悦。是的，神圣，我用的就是这个词，即便它听起来有些强烈。

亲爱的，你让我更好地活在这个世上，帮助我战胜内心的阴霾和迷茫。有你相伴，我才能重新完整地成为自己。让我们一起耐心等待吧，以坚定的信念和充分的信心。尤其是，哦，我尤其希望，你永远对我倾诉你的真心。

1950 年 1 月 10 日，星期二，晚上 10 点

今晚我想再给你写几句，因为明天早上我要去格拉斯见那里的专家（没什么特别的，只是例行检查，每月一次）。这样我就可以在格拉斯寄出这封信，或许它能更快地到达你手中。

今天下午（治疗之后），我继续写我的序言。我想在发表之前先让你过目。我写下的都是我真实的想法，但要不要公开发表，我还在犹豫。不过，我还没写完。

晚饭后，我听了肖邦的《前奏曲》。可惜演奏得并不好，乐曲的情感完全被破坏了。

今晚是个温暖而宁静的夜晚，繁星满天。房子下面的水池发出轻柔的潺潺水声，四周一片寂静。我带着温柔、感激和深深的爱意思念着你。此刻，你大概正在演出吧。不，或许是幕间休息。总之，你在那里，身处喧嚣、忙碌和疲惫之中，而我在这里默默地守护着你，我亲爱的爱人。我会等到十一点再熄灯，仿佛那样就能陪你一同坐进寒冷的出租车，然后紧紧地将你拥入怀中！

我爱你，请好好照顾自己，也要好好地守护我们之间的感情。我会永远、无尽地等你。

阿尔贝

你永远是我亲爱的痛苦

　　我刚把信交给邮递员,他立刻又递给我你的信。我当时已经来不及把自己的信收回了,再说我做梦也没想到你会写出这些让我如此不安的话,以至于我现在坐立难安,不得不立刻给你回信。我必须立刻回复,让你尽快收到我的信。

　　我的小傻瓜!你究竟是怎么想的?我写信的时候,是用我的真心在与你交流的,我毫无保留地告诉你一切,我根本无法、也不可能对你有所隐瞒。没有任何事物能够,也永远无法替代我的爱、我的等待,以及我竭尽全力忍受与你分离的痛苦。请你一次性地、彻底地理解这些。我不希望我们沦为短暂的、孤独的两个小时的牺牲品,或是马塞尔·赫兰德的痛苦的牺牲品。我们的爱情绝不能因为这些微不足道的小事而受到威胁。它已经经历了太多苦难、悲伤和撕裂,绝不能再因为虚构的悲剧而平添新的不幸。

我在上一封信中已经告诉你，这段往事曾给我带来多么巨大的痛苦，但我同时也告诉你，我的爱因此变得更加强烈，你可以安心地等待、梦想和去爱。这一切从未改变，也永远不会改变。当我提到"分心"时，我指的是你曾经对我说过的话，说我有时会显得"心不在焉"或"神游"。但每当你陷入痛苦时，似乎总是选择性地忘记我曾对你说过的那些话。

我的爱人，此刻我毫无保留地向你倾诉，我为自己的坦诚感到欣慰。但如果我知道，一句被误解的话会让你如此心神不宁，我宁愿不再如此直白。你必须信任我。我不会对你隐瞒任何事情，事实上也没有任何事情需要隐瞒。请重读我上一封信，试着理解我话语中的真正含义，那是一个不善于表达自己的男人用心写下的肺腑之言。我的爱，我的挚爱，我们究竟该如何才能建立起真正牢固的信任？对我而言，这份信任始终存在。我知道，你也曾向我承诺，你会对我倾诉你所有的心声。我依赖着这份承诺。如果我感到不幸，那一定是出于其他原因。你也能像我一样吗？你也能如此完全地信任我吗？

你信的结尾让我得到了一些安慰。如果没有那些让我明白你已经平复情绪的字句，我真的不知道自己会变成什么样。啊！你永远是我亲爱的痛苦……但一切都已经过去，对吗？

你爱我，你信任我，对吗？请写信告诉我，请告诉我你会信任我直到我归来。我为自己曾经让那些可怕的猜疑侵入我们的爱情而感到如此的卑微和痛苦……

我吻你。我无法将自己从对你的思念中抽离。我稍后会回复你信中的其他内容。今天下午，爱让我心痛不已。事实上，一切都让我感到痛苦。如果不是因为你还存在于这个世界上，我这病弱之躯的微薄重量都将变得难以承受。

再见了，我亲爱的爱人。如果我能投入你的怀抱，那该有多好……我爱你。

阿尔贝

下午4点

这封信写得真是语无伦次。但你让我内心受到了巨大的震动。我现在感觉好多了，而且我爱你。来吧，对我微笑吧，这一切都不算什么，因为我们仍然在同一片天空下。这只是一场雷雨，很快就会过去的。但我在想着另一场"雷雨"，一场甜蜜的、让我更加期待的"雷雨"。

166

我对一条狗解释了你的事

　　我有点担心昨天寄出的那封信。我当时手头没有邮票，就把信交给了一个看上去有些醉醺醺的格拉斯邮递员。等我意识到这可能有点问题时，已经太晚了。请务必告诉我，你有没有收到那封标注星期四日期的信。

　　今天天气好得出奇，灿烂的阳光如同瀑布般倾泻而下。我多么希望能和你一起沐浴在这阳光里，在它的照耀下融化、交融……像今天早晨这样的时刻，生命在我体内奔涌，让我感到活力四射。

　　昨天下午，我回复了一堆信件，没有什么特别有趣的内容。我收到了一期《精神》杂志，其中一部分内容是关于我的。贝斯帕洛夫的文章写得非常精彩，而穆尼耶的文章则像一盘意大利面条：冗长拖沓，却缺乏实质内容。我从未像现在这样觉得自己如此"黑暗"。我原以为我的作品中至少蕴含着一些阳光，现在看来我错了。或者，这些基督徒是不是有意忽略了我作品中那种异教徒的气质？你想让我把这期杂志寄给你看看吗？

今天早晨，我校对了《正义者》的清样。那种激动并非单纯的文学上的激动。这本书将在二月份出版。啊，亲爱的多拉……！

明天伽利玛出版社的人就要来了。昨天来了一只漂亮的德国牧羊犬，是房主送来让我们照看几天的。它叫金姆（Kim），现在简直形影不离地跟着我，甚至非要和我一起睡。它现在正舔着我的脚，试图以此来转移我对你的思念。不过，我已经向它解释了我的情况，我想它应该是理解了。

你认识一位名叫马塞尔·卡地亚的制片人吗？他正在和我洽谈将《鼠疫》改编成电影的事宜，他的谈话方式让我很感兴趣。但我还想对他有更多了解。

啊，亲爱的，我内心涌动着一种强烈的冲动，想要舒展身体，紧紧地贴近你……春天，快点到来吧！让我重新找回那份自然、放松和无忧无虑的快乐……请多写信给我。你现在在做什么？你也在想着我吗？你一定要知道，失去你对我来说将是致命的打击。我现在要去把信交给邮递员了，希望能赶上明天的邮递。但在那之前，我想再一次告诉你，我爱你，并且在分分秒秒地倒数着与你再次相见的日子，期待着再次看到你美丽的容颜。

最重要的是，请好好休息，在我的爱中找到安宁。我因你而活，并将永远如此，我的玛丽亚，我的挚爱。

阿尔贝

1950 年 1 月 15 日，星期天，11 点

糟糕的清晨。天气很好，但我仍然躺在床上，什么也做不了。我对弗朗辛发了脾气，既愚蠢又不公平（就因为她弄丢了一张处方！）。当然，我向她道了歉。然后又回到床上，独自一人沉浸在孤独之中。我感到自己正滑向一条熟悉的下坡路，路的尽头是彻底的孤独、对生命的厌倦，以及无法面对任何一张人脸的绝望。

最后，我终于跳下床，决定用工作来对抗这种消极的情绪。我计划今天把堆积如山的回信处理完。这些信件让我感

到压力巨大，但它们同时也成了我拖延的完美借口——我总是想着"我还有信要写"，结果什么也没做，事实上，我甚至连信都没写。从明天开始，我会努力把自己埋进工作中，闭上眼睛，堵住耳朵，远离那些幽灵般的念头，坚持下去，直到春天来临。每天早晨，我都会对自己重复："我们相爱，我们会战胜一切。"并且要确保自己变得更加充实，而不是在你回来时显得更加空虚。

当然，如果偶尔能有你的手握在我的手中，一切都会变得容易得多。但还是别再做梦了。

金姆今晚就要离开了。它的主人会来把它接走，这让我感到有些伤感。我已经对这只狗产生了感情，或许是因为它也很依恋我。它总是寸步不离地跟着我，晚上睡在我的房间里，早晨则注视着我醒来，用它那像毛巾一样宽大的舌头给我"洗脸"。狗的眼睛里充满了无尽的信任和无条件的爱……我会想念金姆的。

而你呢，我的爱人？从星期三到今天，我完全不知道你都在做些什么。这对我来说是一片空白。请告诉我，一定要告诉我。

我猜你可能见了马塞尔·赫兰德，抑或是其他人。你知道我脑海中有一个多么愚蠢的印象吗？我第一次真正意识到马塞尔对你的感情，是在我们分手的前几天，那时我们曾在马图兰剧院对面的餐馆一起吃晚餐。你还记得那个晚上吗？我告诉他：我们将一起去墨西哥。我那时就明白了。几天后，我们就分手了。当然，这两件事之间毫无关联，现在也仍然毫无关联。但有时候，人的心就是会盲目地寻找痛苦的根源。

　　告诉我你都做了些什么。也告诉我你是如何看待这些事情的，你对一切的想法。更重要的是，告诉我你爱我，告诉我你是如何爱我的，告诉我你会永远爱我。我需要这些，就像沙漠中的旅人需要水源一样。

　　我的爱人，我亲爱的爱人，我全心全意地向着你，从不间断，毫无保留。原谅我这封信显得有些阴郁，也许是因为你的沉默。但我的心仍然鲜活跳动着，这都要归功于你。我会好起来的，我会努力工作的……但我再也无法比现在更爱你了，因为我已经完全地交付了自己。我吻你的眼睛，你的笑容，你发丝下的颈后……啊，如果能将你拥入我的怀抱，温暖的，完全属于我的，那该是多么美好的恩赐……你和我，终于……

阿尔贝

下午两点，我爱你。

下午三点，我们!

下午四点，我们!

下午五点，V. V. V.——给 V* 写信。

1950 年 1 月 16 日，星期一，下午 3 点

终于收到你的信了！仿佛卸下了千斤重担，空气都变得
轻盈起来，我的呼吸也顺畅多了！想想看，自从星期五以来
就一直没有你的消息，我只能抱着那封令人揪心的信苦苦等
待……但这一切都结束了。阳光倾泻进我的房间，欢快地跳
跃着，我的爱人，我爱你，我会一直等待，无论需要多久，
我都会等到再次拥抱你，拥抱那个鲜活的、快乐的、充满激
情的你……

昨天，我完成了既定目标：写了十六封信。还有差不多
同样多的信要回复。但我已经想出一个简单的回复模板，打

---

* 可能是指给雅尼娜·伽利玛的女儿安娜·伽利玛写信。

算用来回复那些打扰我的人，甚至包括其他一些事务，比如写上"阿尔贝·加缪先生因身体不适，恕不……"等等。有了这个模板，我就可以尽快处理完这些琐事，把精力集中在我的工作上。我为过去十五天几乎毫无建树而感到惭愧。

不过，我的胃口已经恢复了，气色也很好，看起来似乎还长胖了一点。我睡得也比以前好多了。偶尔还是会有两三个小时的失眠，但次数越来越少。即便如此，我仍然害怕失眠，因为那时我的思绪总是过于活跃。昨晚，我回顾了你的人生——至少是我所了解的部分。我一直等到清晨和阳光的到来，才驱散了心中的阴霾。

昨晚，金姆的主人来把它接走了。她在这里吃了晚饭，我和金姆依依不舍地告别。

我并不介意你在信中简要地概括你的一天。但请答应我一件事：写得稍微详细一些。永远不要只写"下午四点，一个约会"，请告诉我你见的是谁。我知道这听起来可能有些傻，但这对我很重要。你能理解我的，对吗？

你做得对，让塞尔日接受你提出的建议。没有必要欺骗观众。这种"中国式"的方法确实很适合"精英剧场"！

亲爱的爱人，我的黑珍珠，我的美人，我温暖的港湾，我多么渴望你的陪伴，渴望感受你的温度。

我想起了那间位于巴黎高处的小房间，夕阳西下，暖气片散发出温暖的红光，房间里只有我们两个人，在昏暗的光线中紧紧依偎……我还梦见了我们一起漫步在巴黎的街道上，商量着去哪里吃饭……

亲爱的，我们之间也曾拥有过那样的温柔、欢笑和心有灵犀的甜蜜，以及无尽的柔情。我有时会怀念那些温柔的时光，就像在其他时候，我会怀念那激情四射的时刻，或者是在埃尔梅农维尔湖畔度过的那段完美时光。我怀念的是完整的你，我怀念关于你的一切。而我如此渴望全身心地投入工作，是因为我希望到了春天，我的心灵和思想都能够自由，能够完全地沉浸在你之中。

如果可以的话，请每天都给我写信吧。也请告诉我你的广播节目的具体日期。把你的爱传递给我，亲爱的玛丽亚，我每时每刻都在汲取着它。我是多么渴望亲吻你，一次又一次地吻你，直到筋疲力尽，就像亲吻你那美丽的脸庞一样……

阿尔贝

当世界变得空旷寂静，只剩下我们两个人

　　下午给你写完信后，我们一起出去散步了一小会儿。阳光很美，但我却感到有些兴味索然。我更喜欢独自一人静静地欣赏这片土地的美景。即使在阳光的照耀下，寒意也开始渗透出来。我回到家，便开始工作。我修改了我的序言，大概完成了一半。工作时，我心里想着你，感到一阵阵温暖。晚餐后，我在炉火边坐了一会儿。大家都沉默不语，于是我便主动活跃气氛，说了一些无关紧要的话，自己也笑了笑。但这种热闹过后，往往会让人感到更加悲凉。我回到房间，上了床，然后……你就仿佛来到了我身边。

　　外面起风了，凛冽的寒风围绕着房子呼啸。但我的房间里很暖和。我想着你，我爱你，我仿佛在轻轻地抚摸着你，想要离你更近，再近一点……我喜欢夜晚，尤其是和你共度的夜晚，我喜欢那些封闭的空间、偏僻的乡野、世界的尽头，只要有你在身边，哪里都是我的归宿。所以，我等待，有时耐心，有时焦急地等待着那些时刻，当世界变得空旷寂静，只剩下我们两个人，还有那些黑马，你一定知道我指的是什么。

我亲爱的爱人，我日夜期盼的爱人，快些回到我身边吧。在那之前，请务必保持坚强，保持耐心，用我永恒而忠贞的爱来守护自己。我不停地亲吻你。

阿尔贝

今天没有收到你的消息。我早有预感，或者说，我本来就不指望每天都能收到你的信，但这仍然让这一天笼罩上了一层淡淡的阴影。昨晚，我工作了一会儿，然后很早就上了床。我重新读了昨天收到的你的信，在床上翻来覆去。之后我又随手翻了几本书，却一本也没能读下去。不过，我至少读到了一句让我颇有感触的话，它出自一位旅行者的游记，描写的是阿拉伯和美洲的沙漠："在这些酷热的土地上，爱变成了一种无法分散注意力的情感；它是灵魂最迫切的需求；是一个人在沙漠中呼唤伴侣的呐喊，唯恐独自面对这片荒凉。"回想起遇见你之前的我，我对此深有同感。

晚安，尽管我的心中依然充斥着强烈的渴望。今天早上，这种渴望变成了一种沉重的负担，挥之不去，以至于我提议开车出去兜风。我们驱车攀登到

欲望成为挥之不去的重负

177

海拔一千二百米的托伦斯，那里是一个疗养胜地。那地方的气氛有些压抑。但回程的路上，我的心情好多了。啊，我多么希望，正如你所说的那样，这种渴望不会如此难以自控。抱歉！

今天收到了一封来自蒙得维的亚的信，信中说《卡利古拉》的西班牙语版在那里获得了巨大的成功。看来我骨子里还真是个西班牙人 *。

下午，我继续工作，序言差不多就要完成了。之后，我的大脑就能完全自由地投入到我的随笔 ** 写作中。明天早上，米歇尔、雅尼娜·伽利玛和弗朗辛会去戛纳购物，我将独自享受片刻宁静。如果中午能收到你的信，那这一天就不会太糟糕。

我感觉自己状态不错。起初，我还需要强迫自己进食。现在，我的胃口已经完全恢复了。我也趁此机会像我状态最佳时那样大快朵颐，你是知道的。我睡得也比以前好多了。如果我没有决心严格遵守这次疗养的各项规定，我恐怕早就抛下一切回巴黎了。我现在充满了生命的能量，几乎就要满

---

* 阿尔贝·加缪的母系祖父母是来自西班牙梅诺卡岛的移民，他的祖父母在阿尔及尔相识并结婚。父系则有法国血统，分别来自波尔多、马赛、阿尔代什和摩泽尔地区。
** 随笔为《反抗者》。

溢出来，但我努力将这些复苏的力量压抑在心中。

至于其他的事情，可以简单地概括为：我在等你。我拒绝去计算日子，因为那样只会让我感到一阵眩晕，而这种眩晕毫无意义。但我的整个身心都在等待着你，有时是平静地等待，有时是焦躁地等待。有时，在白天，我会暂时忘记你：有人和我说话，或者我在刮胡子，或者我正为迟迟写不出来的一个句子而烦恼。但下一秒，一种温柔的感觉，或是一个轻轻的触动就会提醒我，你又回到了我的思绪中。就像一只鸽子轻轻地落在我的肩头。我的内心会泛起一丝微笑。

事情的本质就是这样。啊，对了，还有一只猫，一只非常高贵的阉猫，名叫萨里，它也陪伴着我。

在这一切之中，我活在与你的联系中，为了你而活。我日复一日、夜复一夜地思念着你，即使是在我睡着的时候（或许更是如此）。我并不轻松快乐，但我会始终如一地坚持下去。请记住，你的信支撑着我活下去，这绝不是一句空话。再见了，我的美人，我的挚爱，我亲爱的爱人。我亲吻着你清晨那毫无掩饰的容颜。我爱你。

阿尔贝

自我折磨

　　今天早上，我又不自觉地陷入了那种"自我折磨"的情绪中。这几乎成了一种顽疾。为了稍作安慰，我告诉自己，这只是一个过渡阶段，接下来我会以一种"半死不活"的状态捱到我们重逢的那一天。不过，我还是强迫自己开始工作，总算完成了序言的写作。正当我找回一丝平静的时候，你的信到了，它瞬间改变了一切。啊，你写得真是太详细了！

　　这是一封多么美好、多么珍贵的信啊！我先是迫不及待地一口气读完，然后拿着它回到我的房间，悠闲地一遍遍重读，像啃骨头一样仔细品味。是的，我亲爱的爱人，我信任你，我深爱着你。我会好好利用这段时间，彻底完成我的工作，治愈我的身心。从今往后，我将依赖你给予我的这份安宁，依靠这份坚定的信念而生活，然后全心投入其他事情，比如睡眠或工作。我多么想紧紧地拥抱你，感谢你给予我这份确信。

得知这部剧如此受欢迎，我非常高兴。当然，它也引来了一些批评，这反而让我感到安心。因为一致的赞美总是让我有些不安。今天早上，在写序言的时候，我感受到了一种久违的满足。不是因为它让我完全满意，而是因为偶尔会有一些东西从我的内心深处自然而然地涌现出来，就像过去那样，文字仿佛离弦之箭般精准而有力地射出。

这些是多么难得的时刻，我已经很久没有体会到了。如果这份灵感能在创作随笔时再次降临，那么春天的到来对我来说将如同置身天堂般幸福。

我多么希望我们也能拥有今天这样明媚的阳光，它把这片风景装点得格外迷人。湛蓝的天空澄澈如洗，清风徐徐吹拂，阳光如同喷泉般跳跃闪耀，每一棵柏树都轮廓分明，深深地触动着我的心弦。今天早上，只有我独自一人待在这里，其他人都去了戛纳。我曾想给你打个电话，告诉你这里的天气有多好，以及我有多么爱你，就像人们爱着希望和信念那样。但看到奥古斯塔和女仆忙忙碌碌地进进出出，我还是放弃了这个念头。听到你的声音却无法自由地向你倾诉我的爱意，我实在无法承受。电话就摆在那里，我常常带着怀念的目光注视着它。但我又害怕，因为哪怕只是一次不成功的通话，也会让我倍感失落。

米歇尔买了一本《匹配》杂志，我在上面看到了那篇引人注目的报道。只是缺少了一段关于与剧团女演员合作的描述。不过，对于这些无关紧要的细节，我们也应该宽容一些。总而言之，它们以一种天真质朴的方式打动了我。

对了，千万不要随便把《三便士歌剧》"嫁"出去，一定要慎重考虑。说到这里，我总觉得某些过于简单的情感，比如对宠物的喜爱，似乎少了些精致的趣味。它们稍纵即逝，难以长久。

啊，我温柔的爱人，你真是太懂得如何安抚我，让我的内心重新变得强大……我爱你，我想我现在是幸福的。但现在我必须暂时放下手中的笔，去收听《一报还一报》*。

当然，你的节目安排在剧目之后，而你却提前出场了。结果，当我满心期待地想听到你的声音时，听到的却是

---

* 威廉·莎士比亚的剧作《一报还一报》在国家广播电台播出。

让·达维*在《泰特斯·安德洛尼克斯》中激情四溢的表演。我简直气坏了。但即使生气，我仍然深爱着你。

太阳快要落山了，寒意也渐渐侵入我的房间，我该生火取暖了。我的心中涌起一丝淡淡的悲伤，这段时光总是有些难熬。但只要再坚持一天，我就离你更近了一步。很快，我们就能靠岸了，回到那深深的锚点，拥抱那起伏的波涛……想到这些，我的心情便难以平静。

亲爱的，很快，我们很快就能重逢了，我对此的渴望简直难以言喻。我深深地亲吻你。

阿尔贝

附言——我在司汤达的书**中读到了这样一个故事：波利卡斯特罗公爵每隔六个月就要跋涉四百公里，只为了与他心爱的女人相见短短的十五分钟，而那个女人身边还有一位充满嫉妒的丈夫看守着。这段感情持续了许多年。这个故事

---

* 演员让·达维（1911—2001），法兰西喜剧院成员。
** 出自司汤达的《论爱情》。

能让你感到些许安慰吗？至少对我来说，并没有。但我禁不住问自己，我是否也会像他这样做。答案是：会的。因为等待六个月虽然是一种煎熬，但仍然是活着的一种方式。否则，剩下的就只有一座座冰冷的墓地了。我亲吻你的双唇，我亲爱的爱人。再次亲吻。

阿尔贝

伟大的作家总是感人至深

　　今天是个阴沉沉的日子，天空灰暗而寒冷，几乎就要飘起雪花。我像往常一样躺在床上，听着路上那些冻得瑟瑟发抖的山羊发出咩咩的叫声。

　　没有什么特别的事情可以告诉你。昨天下午，我完成了有关政治文章集的所有工作，现在可以送去排版了（序言打印出来后，我会寄给你）。不过，我还需要为它想一个合适的标题，这让我颇为头疼。我曾想过用《被迫的见证》，但自己也不是很满意。除此之外，我一时也想不出更好的主意。你有什么好的建议吗？

　　昨晚过得不太好。我花了很长时间才睡着，你知道我的失眠从来都不是什么"浪漫的清醒"，只能无奈地煎熬着等待天亮。早上醒来时，心情糟糕透顶。我强迫自己投入工作，开始为随笔的写作整理资料。我计划上午阅读相关文献和查找资料，晚上则开始正式写作。希望一切顺利，但愿幸运之神眷顾我。

中午收到了你的信，信中带着一丝慵懒和尚未完全清醒的气息。它立刻让我想起你清晨的模样，你身上散发出的温暖。那些我们一同醒来的清晨，真是幸福的回忆，你的信总是能立刻带给我这种美好的感觉。

得知你将在《交换》中饰演玛尔特，我非常高兴。约兰德·拉丰对此也无能为力，因为这部剧本身就很难真正搬上舞台。它更像是一首四声部的冗长诗篇，常常显得拖沓冗长。与《金头》和《分享》相比，它更像是一次略显仓促的尝试。但现在人们似乎很流行欣赏克洛岱尔的所有作品。而事实上，很少有创作者能在其天才的光环下留下像克洛岱尔那样多的"瑕疵"。尽管如此，我仍然祝你一切顺利！我非常期待听到你在剧中的精彩表现。至于高尔基，他并非一位伟大的作家，而是一位令人深深感动的作家，两者之间存在着明显的区别。因此，他最优秀的作品是《母亲》（在我看来，真正伟大的作家既能深深感动读者，同时又具备"某种额外的特质"）。

这里的生活平静得近乎单调，像一股舒缓的潺潺流水。不过，让我感到有些不安的是米歇尔和雅尼娜·伽利玛夫妇对痛苦的那种近乎免疫的超然态度。他们简直是"温柔的怪物"，这让我有些着迷。他们面对生命和死亡都带着同样的微笑。

而我，却总是容易受到周围环境的影响。这是我一直以来都在责备自己的一个弱点。在这样的情况下，我偶尔会做出一些近乎荒谬的叛逆举动，这常常让弗朗辛觉得既好笑又无奈（当然，她也基本赞同我的这些"叛逆"）。我常常因为这些消极情绪而感到自责。

二十天！我不敢去计算剩下的日子。我只能闭上嘴巴，蒙上眼睛，强迫自己不去思考，不去感受那份空虚、那份恐惧，还有那失去你后难以忍受的沉重空虚。但我至少在内心深处，在你清晨的温暖中，深深地吻着你。

阿尔贝

晚上 7 点

我本打算在寄出这封信之前再写一些内容，但午餐后我感到很不舒服，整个下午都抱着暖水袋躺在床上。唉！我可

187

不像特里斯坦那样浪漫。

　　然而，刚才我在意大利广播中偶然听到了一段马斯卡尼创作的极其动听的爱情二重唱，真的让我深受感动。因此，我赶紧补充写下这些来自我心灵深处的思念。啊，如果能和你一起生活，共同面对所有美好的事物，那该有多好……

　　此刻，我的内心既感到一丝淡淡的悲伤，又充满了幸福。但不论如何，我都离你很近，非常近，我亲爱的爱人。

　　　　　　　　　　　　　　　　　　　　阿尔贝

我们必须改变生存方式

今天早晨，我的爱人，我在明媚的阳光中醒来。这是多么美好的一天啊。一种慵懒的情绪涌上心头，直到中午我几乎什么都没做。中午时分，我去了后山散步。那是我非常喜欢的一座山，干旱而粗犷。山上点缀着成片的橄榄树、松树和乳香树，黄色的岩石和芬芳的山坡一路倾斜，延伸至天边，直至蔚蓝的大海。有时，在山谷的低洼处，矮小的柏树和松树会形成一些散发着阵阵幽香的小小"庇护所"。我便躺在那里，尽情地沐浴着阳光。被大自然如此深爱着的身体，是我的身体啊。这种感觉如同有一束光芒直射进我的内心深处，但同时也让我感到一丝淡淡的忧伤。我想起了你。

我们只是生活在城市里，忙碌、躁动、工作，而你我最终是属于土地的，属于这片光明的，属于身体的愉悦和心灵的宁静。我们必须改变现在的生

189

活方式，你说对吗？我们必须真正地生活，去爱，在快乐中尽情享受人生。是的，迄今为止，我们已经奋斗了太久，一直没有时间好好放松自己。但现在，既然我们已经拥有了这份确信，那么我们也该去寻找属于我们的奖赏，远离周围这些丑陋的虚荣，更多地活在真实之中。

回家的路上，我在幻想中任由自己沉溺于太多美好的想象，以至于不得不强迫自己清醒过来，结束这有些过度的沉醉。

午餐时，我收到了你的信。好吧，你在跳舞。这很好，虽然我更希望你能把这些舞蹈留给我。我会尽量收听你的广播节目《你是谁》。不过，我仍然觉得你应该拒绝这类节目。我知道，有时你接受它们是因为感到疲惫，难以推脱，结果往往会被那些不懂分寸甚至粗鲁的人占了上风。也许这对你来说也是一种学习和经验吧。另外，请告诉我，那位科蒂斯表现如何。以前有人跟我提起过他，但我只读过他的一本书，感觉很平庸。

关于你在信中提到的那件"纽扣"的事，我不知道自己是否完全理解正确。如果我没有理解错的话，这应该是一场闹剧。当然，是一出地道的西班牙式闹剧。

我希望你星期五给我写了一封长信，尽情地倾诉你的心声。因为你总是这样做的，对吗？对我，你不会有所隐瞒的，对吗？

至于我，从星期一开始，我就将正式投入到随笔的写作中，不会再有任何分心，除非是为了你。我现在状态很好，足以完成这项工作。如果一切顺利，这个春天将成为我一生中最美好的春天。亲爱的，想到这些，你是否也和我一样感到喜悦？请不要难过，不要让你的热情消退。我在你最近的两封信中似乎读出了一些淡淡的失落。振作起来，振作起来，我美丽的爱人！我们一定会战胜这一切的。那一天正在逐渐靠近……

啊，我想起了从巴西回来的那一天，在勒布尔热机场，我疲惫不堪，而当你扑到我的怀抱里，浑身颤抖着，我所有的疲惫都瞬间烟消云散。我的爱人，我亲爱的伴侣，请你也常常想想那些美好的瞬间。它们在守护着我们，也指引着我们走向更多同样美好的未来。我献上我无尽的亲吻。

阿尔贝

玫瑰全棵了

　　昨晚，工作结束后，我在村里一家小客栈
（名叫"金山羊"）吃了晚饭，面前是温暖的炉火。
我们闲聊起吝啬与慷慨的话题。晚饭过于丰盛，以
至于我一夜都有些不太安宁。不过睡得还算充足。

　　今天早晨，迎来了一个意外的惊喜：下雪了。
从清晨开始，雪花便纷纷扬扬地飘落，为橄榄树披
上了一层银装，把卡布里斯变成了一个小小的圣诞
村。在屋前的花园里，玫瑰依然傲然绽放（我是否
曾告诉过你，花园里还有一些晚开的玫瑰），它们
被薄薄的积雪轻轻地点缀着。这轻柔的雪花覆盖在
柔软的花瓣上，景象令人动容。我决定今天一整天
都待在房间里。房间里弥漫着温暖的木头香气，令
人心旷神怡。我整个上午都在工作，但进展不大，
因为我的思绪有些迟钝。即便如此，这种状态也并
不让人感到难受。

192

中午时分，我收到了邮件、报刊，而最重要的，是你的来信。

我亲爱的，得知你和你父亲的近况，我感到非常难过。然而，我相信，即使血清无法创造奇迹，也至少能让他的生活稍微好过一些。还需要更多的耐心，但如果运气好的话，他或许还能拥有几年相对平静美好的时光，而不是继续过着这种备受煎熬和限制的生活。请随时告诉我医生们带来的最新消息。

至于我，我并没有你想象的那么"得意"。我也会有感到低落和迷茫的时刻。但不可否认的是，我的身体状况确实改善了很多，我终于找到了适合自己的气候。而且，持续的休养、逐渐恢复的胃口以及基本摆脱的失眠，都在逐渐地使我好转起来。

现在的问题是，我是否能够重新找回最佳的工作状态。毕竟，我花了将近一个月的时间才勉强写完那篇可怜的序言！不过，我仍然希望现在已经有了一个好的开端，接下来的工作能够更加顺利。

我也希望你能够好好休息一下。你已经连续三个晚上都感到疲惫不堪了。我恳求你，一定要照顾好自己的健康。

天空渐渐放晴，雪也停了，并开始慢慢融化。花园里的玫瑰褪去了雪的覆盖，变得更加鲜嫩而清新——如同少女的肌肤一般。今天下午，我也像这些玫瑰一样，对周围的一切都格外敏感。我多么希望此刻能在巴黎，晚上和你一起外出，看灯光温暖了临街的橱窗，欣赏美丽的女子，当然，还有你那最动人的、带着几分调皮的微笑。我如此深爱着你，却一时语塞，难以表达，而你会狡黠地借着街灯的光芒解读我此刻的心情。

　　啊，我的爱，这是一场多么漫长的等待啊，仿佛永无止境的拉锯战。那些深夜归来后的和解，那些充满激情的风暴，它们在我心中占据着如此重要的位置。隔着这段遥远的距离，我反而能以更加清晰的视角看待一切，明白什么是重要的，什么是不重要的。我越来越清楚地意识到，你的存在对我而言是多么的重要，我们之间的爱是如此的强烈而充盈。我感到痛苦的是，我只能枯坐在这里，隔着遥远的距离亲吻你。

　　是的，我用我全部的心和爱亲吻你，我亲爱的玛丽亚。然后，我将继续执着地等待着你。

　　　　　　　　　　　　　　　　　　　阿尔贝

去生活，去美丽

今天，我几乎带着一种生理上的渴望在等待你的来信，就像溺水之人需要抓住一块漂浮的木板一样。幸好，它如期而至，并带给我温暖。

昨晚，我过得很糟糕，失眠一直缠绕着我，清晨醒来时更是心情跌落谷底，对一切都感到厌倦，甚至包括我自己。内心充满了阴郁的情绪。天气也寒冷而阴沉，这片曾经因阳光灿烂而耀眼的土地，今天却像巴黎郊外一样黯淡无光。

我和米歇尔·伽利玛下山去了格拉斯，他要去修理汽车。我顺便剪了头发，然后我们就一同返回了。回程的路上，一种莫名的焦虑开始升腾，这让我回想起在巴西度过的那些糟糕的日子，似乎只有你的存在才能让我摆脱这种令人窒息的感觉。幸好，你的信及时地拯救了我。它温柔而亲切，让我意识到我所缺失的正是你的柔情，这也是我内心深处最为渴望的。你的来信让我心中充满了感激和爱意，几乎让我恨不得立刻飞奔到你身边。

我也想告诉你昨天以来发生的事情，但实际上并没有什么值得一提的。这些日子像蜗牛爬行般缓慢地流逝着，一天接着一天，朝着那个遥远的目标艰难地前进，而我却无法停止对你的思念。是的，等待是如此艰难，而比等待本身更艰难的，是在等待的过程中无法自由自在地做自己。我不知道你是否完全能够理解，无法真实地做自己是多么困难，多么令人厌恶，又是多么地让人精疲力竭。

我无法在弗朗辛面前表现得自然，因为她在我的面前也不自然。在我们最简单的交流中，总是笼罩着一种沉重的沉默。而在生活的其他方面，我早已禁止自己，也禁止别人制造任何模棱两可的空间。唯独在这件最为重要的事情上，我却深陷于一种巨大的矛盾之中。我接受了这种矛盾的存在，并且通常为了我们之间的爱而忍受着它。但有时，在某些特殊的日子，特别是当周围的环境将我牢牢地困在这种状态之中时，我就会涌起一种想要爆发的冲动，会忍不住对自己说："我必须说出来——无论付出什么代价。"每当我努力压抑这种冲动时，我最终总能克制住，但这需要付出我灵魂深处巨大的疲惫。

　　当然，这只是一些短暂的时刻。我写下这些，只是想让你更加了解我的爱，即使这份爱偶尔也会有反叛的时刻。在这一切之中，只有这份爱支撑着我，让我得以超脱一切，让我能够继续生活下去。啊！请永远不要从我身边夺走这份爱！请原谅我让你承受这些负面情绪和毫无必要的阴影。

　　当我看到你在信中为自己最近几封信的"干涩"（相对而言）向我道歉时，我几乎感动得热泪盈眶。我深信你的爱意，你的信即使有些"干涩"，也并没有让我感到痛苦，反而让我为你感到心疼，因为我能体会到你当时正经历着疲惫。我希望你能够做最真实的自己，不要因为写信而感到为难，也不要勉强写超出你内心想表达的内容。如果某个晚上你实在太累了，那就干脆别写。我确实是依靠着你的信而活着的，但我更是依靠着你的生命而活着。

　　现在，我们已经生活在确信之中，我觉得我们至少可以自由地做自己了。这种心与心完全的交付，这种灵魂中平静而充盈的感觉，正是我们所获得的胜利和最美好的回报。你看，我从不犹豫去谈论自己的真实感受，而我之所以能够如此坦诚，是因为你让我体验到了一种前所未有的喜悦，那是扎根于我们共同的土地之上、无法分割的结合所带来的喜悦。

　　啊，我的爱人，请不要再与那些虚幻的想象做斗争，去尽情地生活，去展现你的美丽，用你的真心去书写此刻内心真实的感受吧。我已经拥有了不再需要怀疑的爱情。这封信或许带有一丝忧伤的情绪，但我相信你仍然能够感受到你带给我的那份巨大的喜悦，并且我也相信它始终都在诉说着我对你深深的爱意。我爱你，我焦急地等待着你。请给我写信，请告诉我，请尽情地倾诉你内心的一切。让我们满怀信心地等待着那个时刻，等待着我们重逢的那一夜，等待着那终于可以幸福欢欣的生活。我亲爱的爱人，我亲吻着你美丽的双眼，我生命中最重要的伴侣。啊，我多么渴望能够在你身边安然入睡……

　　　　　　　　　　　　　　　　　　　　　　阿尔贝

乔治·奥威尔去世了

我亲爱的，从昨天开始，这里就一直在下雪，不知疲倦地下着。今天早上，我还担心运送信件的班车无法抵达卡布里斯，也就收不到你的来信了。但谢天谢地，尽管邮递员来得晚了很多，他最终还是送来了信。你在信中说自己冷得像个冰块，羡慕我身处阳光明媚的好地方！但事实并非如此，这里的天空像是被一层湿漉漉的棉被厚厚地覆盖着，山谷里一片雪白，橄榄树看上去就像一个个打喷嚏的幽灵。

的确，这里的冬天自有其美丽之处，而巴黎的冬天却令人感到可怕。你住的地方就像一个冰冷的冰箱，而我这里却燃着温暖明亮的炉火。啊，即使是在寒冷的冬天，如果我们能一起在这里，也一定会无比幸福。要多穿些衣服，注意保暖，我的小雪花！我多么想把你紧紧地抱在怀里，用我的体温

199

融化你身上的寒意。刚才广播里说巴黎零下八度。听到这个消息，我心中突然涌起一阵炙热的柔情，想要温暖你、保护你，至少用我的心这样告诉你，就像我现在在这里写信一样。

今天早上，我稍微工作了一会儿，然后就穿上滑雪鞋、滑雪裤、高领毛衣以及我最喜欢的那件夹克，去了被大雪覆盖的山野中散步。凛冽的寒风吹在脸上，我感到血液在体内欢快地奔流着，昨天那糟糕的心情也一点点地消散了。眼前是一片白茫茫的世界，寂静而又美丽。我再次下定决心：除了你和我的工作，我将不再理会其他任何事情，不会被任何困难击倒，我要尽情地享受与你之间的爱以及我的工作，等等。

回到住处时，我的眼睛因为雪地反射的强光而微微眯起，双颊也因寒冷而变得红扑扑的，心中重新燃起了一股勇气。吃过午饭后，我在床上读了一会儿德拉克洛瓦的日记，然后便开始期待你的来信。它如约而至，这让我非常高兴。现在，我正给你回信，写完后我还会继续工作。

现在来回复你的信：听到让和卡特琳娜都去上学了，这真是个令人欣慰的好消息。尽管他们似乎把更多的时间花在了看电影和木偶戏上。时代真的不同了！另外，我母亲的身体状况也很好。我哥哥*在信中形容妈妈的善良时写道："她就像面包一样。多么好的一块面包啊！"

十天后，我会再去见医生，并进行一次 X 光复查。

一个令人悲伤的消息：乔治·奥威尔去世了**。你并不认识他。他是一位才华横溢的英国作家，与我的经历颇为相似（尽管他比我年长十岁），我们在思想理念上也有着许多共通之处。他多年来一直在与肺结核作斗争。他是为数不多几个能让我感到心灵相通的人之一。唉，这些就先说到这里吧。

外面的雪越下越大了。我不知道该如何才能让这封信及时寄出去。风也很大，夹杂着雪花，刮得人三米之外就什么都看不清了。天哪！你的房间一定冷极了！千万不要蜷缩得太厉害，也不要完全把自己封闭起来。即使你变成了一个小小的点，我仍然会深爱着你。一个小点点，好吧，那样我就把你放进口袋里，随身带着。你要知道，即使在寒冷的冬天，我也依然深爱着你，尽管我们能共同度过的夏天是如此之少。

---

* 卢西安（Lucien），阿尔贝·加缪的哥哥，1910 年 1 月 20 日生于阿尔及尔。
** 英国作家与记者乔治·奥威尔，著有《动物农场》和《1984》，于 1950 年 1 月 21 日在伦敦去世。他的思想与阿尔贝·加缪相似，都致力于社会正义和反对一切形式的极权主义。

但是，真正的夏天终将会回来，那将是属于我们共同拥有的夏天，一个充满着热情和爱意的夏天。

我把你紧紧地搂在怀里，用我的胸膛温暖你冰冷的手，把你整个人都紧紧地覆盖起来。明天再见，我的爱人！

阿尔贝

糟糕的一天。天气阴沉寒冷，我的心情也糟透了。这种情绪并非毫无缘由，而是源于一些具体的事情。最终，我感觉自己很可能会辞去在伽利玛出版社的工作。这件事本身或许有些微不足道，但对我来说却具有重要的象征意义。

两年前，我曾向出版社推荐了一位居住在东比利牛斯省塞雷的前超现实主义者的手稿。那是一本关于超现实主义的回忆录，虽然算不上惊世之作，但内容真实而有趣。由于当时出版形势严峻，出版社虽然接收了这份手稿，却没有给出明确的出版日期。结果，他们把这本书搁置了整整两年，最终却在完全没有告知我的情况下，直接写信给作者表示放弃出版。如果当时他们明确地拒绝出版，那位作者至少还可以尝试联系其他出版社。这位作者是一位极有自尊的人，他在两周前写信把这件事

让我想哭的温柔

203

告诉了我。我随即也写信给伽利玛出版社询问情况，他们的回信甚至连一句道歉的话都没有，只是冷冰冰地表示他们别无选择。我觉得他们这样的态度实在是太过无礼了。我已经因为友谊而容忍了太多，现在我真的没有耐心再去接受这些。我打算等米歇尔离开这里之后再采取行动，以免把他牵扯进来，同时也避免和他发生任何争论。到那时，我会写信把我的真实想法都告诉他们。

我正在努力平复内心的愤怒，希望能通过阅读你的来信得到一些安慰（我当然是把你的信留到最后才读的）。但这次却又因为邮政的问题平添了新的烦恼。今天我竟然没有收到你的信，这让我百思不得其解。我每天都坚持给你写信，从未间断过，自我来到这里就是如此。我无法接受没有信件的这一天，但这显然可以用各种各样的理由来解释，唯独不可能是你所担心的那种原因。

我的信件分别从戛纳、格拉斯，有时也从这里寄出，通常需要四十八小时才能送达。如果你某一天收到了两封信，那只是因为其中一封信的送达速度稍快一些而已，而第二天可能因此就没有新的信件送达。再加上最近的雪天、班车的延误，或者邮递员的一时疏忽，各种各样的情况都有可能发生，绝不可能是因为我不再爱你、我精神失常或者遭遇了什么严重的危机。

啊，我亲爱的爱人，我多么希望你能够冷静下来，不要胡思乱想。当然，我能够理解一天没有收到信是什么样的感受。我也清楚我前一封信的语气可能显得有些悲伤。但事实是，我只能如实地记录下每一天的真实感受，我无法强迫自己去写一些"刻意营造的乐观"。其实，我并没有写下任何你不知道的事情——我内心深处那种让我感到窒息的矛盾，那种永恒的内心挣扎，你早就知道它们对我的伤害有多大了。我性格中的其他部分，也就是我性格中那些不够好的部分，或许会选择与这些负面情绪妥协，而且过去也确实妥协过。但自从有了你之后，我只想为了我身上最好的那一部分而活。所以，请允许我毫无保留地向你倾诉我内心的真实感受，即使我的表达方式可能有些笨拙，但那都是我发自内心的真情流露。

最重要的是，我绝对不希望我的信会让你感到痛苦或焦虑。我们还需要忍受两个月的分别之苦。让我们互相扶持，共同度过这段艰难的时光吧。当我读到你信中流露出的些许低落情绪时，我感到有些难过，但同时也感到欣慰，因为这让我再次确信了我对你深深的信任。既然我已经决定要如实地给你写信，坦诚地表达我的感受，我就没有什么需要对你隐瞒的。即使有一天我感觉到爱意在我心中渐渐消退，我也会坦诚地写信告诉你，让你把我从这种情感的枯竭中拯救出来。那么，现在你还有什么好害怕的呢？你什么都不必害怕，对吗？

那么，请亲吻我吧，让我紧紧地拥抱你，轻轻地摇晃你，甚至用力地撼动你。请将你的一切都交付给我吧，你会在我温暖的怀抱中安然醒来，感受到那种温柔，那种温柔会让我忍不住想要流泪。我深爱着你，我就在你身边，我用我所剩的全部勇气忍受着这种让我心痛到灵魂深处的分离。这是你可以完全确信的；至于其他的事情，请原谅我糟糕的心情，原谅我把这些不好的事情都告诉你：在这座表面上看似热闹的房子里，我却时常感到如此的孤独。我用我全部的心来拥抱你。

阿尔贝

在我看来，星期天这种日子最好从一周中彻底删除。虽然今天过得还算平静，但它空洞无味，仿佛缺失了什么重要的东西。每一个没有你的日子，都像是一个破了洞的杯子，无论装进什么都无法盈满。

昨晚，我带着糟糕的心情上床睡觉——我想我的信里已经让你感受到了这一点。不过，下午我还是勉强工作了一阵子。晚餐时，米歇尔告诉我，他们打算待到二月二十日才离开。我内心对这个消息的反应并不好，为此我感到有些自责。但我确实非常需要一些独处的时光。

今天早晨，天空依旧明亮得令人目眩。阳光是那么刺眼。我洗漱、穿好衣服后就独自一人出发去了山里。白色的岩石、荒凉的静谧、耀眼的光芒，让我终于能够深深地呼吸。我独自走了一个多

任何美景都会让我想到你

207

小时——整座山都仿佛是属于我一个人的。但这原本应该是属于我们两个人的。而且像往常一样，这片土地荒凉而又壮丽的美景让我背脊微微发热，因为我不可避免地想到了我们。

午饭后，我躺了下来，心中一片空荡荡的。我想到前方的路是如此漫长——还要等到二月二十日，然后还得再等上整整一个月。想到这些，我几乎感到精疲力竭，使不上任何力气。

我不知不觉地睡着了，但醒来时嘴里却满是苦涩的味道。为了摆脱这种令人窒息的沉重感，我提议今晚去戛纳吃晚餐。突然之间，我无比渴望热闹的人群和闪烁的灯光！我想我们今晚会去的，我也正好可以借此机会把这封信寄出去。

我亲爱的爱人，我远方的心上人，我想我现在真的非常非常地需要你。像你有时写给我的信那样写信给我吧，重新点燃我正在渐渐流逝的生命力。如果我放任自流的话，我恐怕会整天都待在床上，沉溺于毫无意义的空想之中。但我一直在强迫自己用意志力行动起来。我起床，工作，去散步。我甚至突然决定戒烟，这两天我都没有抽过一根烟。当然，这种坚持能够持续多久就听天由命吧。但我愿意用我所有的这些"美德"和"成功"来换取与你共度的一个小时，哪怕只是一个小时，那是与你在一起时那种完全放松、无比坦然的时光。

今晚天空阴云密布——这意味着明天的光线很可能会变得暗淡。但至少，我还能读到你的来信。我多么渴望你啊！我又是多么厌倦这些每天都在不断堆积起来的文字啊！你在哪里呢？你的怀抱、你温暖的肌肤、你熟悉的气息，你那令人心醉的颤抖的身体……这一切都在哪里呢？那些美好的傍晚我们一起散步的场景，乡间令人心旷神怡的宁静，你的腿紧贴着我的腿的亲密……至少你还在等待着我，你没有灰心丧气或者想要退缩，对吗？请原谅我，我亲爱的爱人，我黑暗中的光芒，我唯一的伴侣。我如此深爱着你，我在这漫长的等待中几乎要耗尽所有的耐心和精力。但我仍然深爱着你，我相信这份漫长的等待终将迎来它应有的回报。

请写信给我吧。请永远记住我无休止地深爱着你，让我能够毫无顾忌地拥抱你，让我能够贪婪地亲吻你！啊，我亲爱的，我挚爱的爱人——我仿佛已经感受到了你身体的温暖和重量……

阿尔贝

1950 年 1 月 30 日，星期一，下午 4 点

昨晚，正如我之前告诉你的，我们去了戛纳共进晚餐。但由于厌倦了与那些"行尸走肉"般的人们周旋，我去找了多洛蕾斯·瓦内蒂 *，她现在住在戛纳。我之前跟你提到过她，她是为了能尽可能地与萨特生活在一起而离开美国的那位女性。此刻，她独自一人住在戛纳，等待着萨特的到来。我很喜欢她，她像个活泼的小克里奥尔人，说话语速飞快，带着一种无人能够模仿的法式俚语腔调。她外表看似玩世不恭，内心却极其敏感细腻。我们驱车前往安提布吃晚餐，大家都称呼她"多洛"，她的陪伴让我开怀大笑，也让我感到既愉悦又感动。总之，她是一个真真切切、活生生的人。晚些时候，我们回到她的住处，喝了两杯威士忌，一起听了一些唱片。虽然她外表看起来很坚强，但实际上内心却充满了孤独和悲伤。我想以后我会时不时地去找她，她能为我在这里的生活注入一些生气和活力。

今天早晨，我醒来时有些头疼。我想我最近变得有点娇

---

*　多洛蕾斯·瓦内蒂，萨特生命中一位非常重要的红颜知己，两人在纽约相识。

气了。天气也变幻莫测。但我依然期待着你的来信，同时也为又一个星期天的结束而感到一丝欣慰。你的信终于来了，但说实话，这是一封短短的、略显单薄的信。你为什么星期五晚上没有给我写信呢？我总是满怀期待地等待着这个夜晚，天真地以为你会利用这段时间尽情地向我倾诉。但我完全能够理解，这或许是你从那些紧张忙碌的日子中稍作喘息的时刻。我也猜到，你一定在与内心的某种情绪做着抗争，感到有些无聊，然后被无聊带来的空虚、干涩以及一种沉闷的冰冷感所包围。究竟该如何才能抵挡住这无聊的侵袭呢？啊，我真的不知道，我可怜的爱人！

　　我非常愿意帮助你，并且我每天都在努力这样做。我一直在不停地向你倾诉我的心声，即使有时我只想放下一切，倒头大睡，直到春天的来临。但我清楚地知道，我必须坚守在这里。有时候，爱会与自身进行抗争，而仅仅是一天的沉默就可能会带来长达一周的伤痛。所以，我在这里一遍又一遍地重复着：我的爱，我的爱，我的爱……请坚持住，要坚强一些，千万不要向任何负面情绪屈服。我正全身心地、义无反顾地朝着那个仍然遥远的目标前进。每当软弱的情绪来袭时，我只要在心中默念你的名字，那份软弱便会瞬间消散。

我与你一同悲伤，我也在你面前展现我真实的愤怒。我仅有的、为数不多的快乐都源自于你。这就是我所拥有的一切，也是我此刻能够告诉你的全部。但我也确实感到孤独，仿佛与这个世界隔绝了一般。而你的情况可能稍微好一些。请放松下来吧。如果你感到爱意在你心中变得沉寂，那就不要勉强它。顺从你内心的真实感受，去做一些让自己放松的事情，比如外出走走，读读书，或者好好地睡上一觉。而最重要的是，请把我珍藏在你内心深处最柔软的地方。如果你实在不想写信，那就暂时停下来休息一下——那些想说的话语和想要倾诉的呼喊终将会重新涌现出来的。

还有什么能够比这些话语更好地表达我的爱意呢？还有什么能够更充分地传达我对你的深深思念，以及我内心深处的忧虑和悲伤呢？我如此深爱着你，却又无法耐心地等待下去。我如此深爱着你，却又对这些无法挽回地流逝的日子感到深深的绝望。但我依然在等待着，这一点是毋庸置疑的。

再见了，我亲爱的孩子。我紧紧地拥抱着你；请一定要爱着我！

阿尔贝

1959 年

有关小母驴帕米娜

是的，我亲爱的，我将于九号离开巴黎，十号抵达卢尔马兰。因此，我非常希望你能告诉我你确切的到达日期。如果你还无法确定，并且抵达沃吉拉尔路后需要打电话给我，请记住我上午会在游泳池，你需要下午再打电话给我。

孩子们都很好。小母驴因为是在艾克斯的《魔笛》首演当天到来的，所以取名为帕米娜。它一到就立即在我上次停留时让人补种的矮牵牛花上打滚。所以，你看，它心情好极了。

我继续过着健康而忙碌的小日子。我每天早上都坚持游泳。下午则比较悠闲（但终究还是在工作）。晚上我会看书或出门。我正在阅读别人寄给我的剧本。我的天哪！

就目前而言，这些"年轻人"都像一百岁的老人一样暮气沉沉。我宁愿去死也不愿排演这种剧。我已经准备好了一些声明，以应对别人对我的指责。这里有一份："年轻人没有任何权利，除了拥有天赋的权利。如果他们没有天赋，那就等他们老去吧。"

我去看了一部大仲马的情节剧《安琪儿》。这是一部很适合你（和瓦内克）的戏。如果排演得好，演出效果出色，那将会是一场精彩而有趣的演出——在我看来比《茶花女》要好。不幸的是，它是由我们的朋友布尔瑟耶排演的。简直糟糕透顶，而且还充斥着庸俗的内容（比如手放在要勾引的年轻女孩的胸部，等等）。至于他自己，他从维拉那里学到了一些演员的怪癖，效果非常奇怪，令人不适。

那么，我们很快就能见面了吗？给我一个简短的消息，或者打个电话。我迫不及待地想见到你——然后再一次与你分离。啊！我把回去的日期改到了九月三号，而不是十号，因为《群魔》的排练将于四号开始。这样我们至少可以多相处一周。

我拥抱你，我亲爱的。你现在一定晒得黝黑发亮，非常漂亮。你会发现此刻的巴黎非常宜人。总之，幸福已经在你的心中酝酿。

A.

美是抚慰不安之心的良药

　　我昨天收到了你八月十七日写的那封长信（好吧，说是长……我的意思是真正的一封信）。

　　但我总觉得你还没有收到我寄往沃吉拉尔路的信。尽管如此，我还是会将这封信寄往原地址，因为我没有你"隐居之所"的新地址。我仍然有些担心你是否真的适应法兰西岛的生活，但无论如何，那里的空气总比巴斯德路口要好得多。

　　唉！我们无法在自身的存在中建立起清晰的秩序和统一，这着实令人悲伤。我一直不愿在混沌中死去。然而，如果不以混沌的状态死去，或许就只能在自身内部以一种模糊和分裂的状态逐渐消亡——不像一捆成熟的麦穗那样紧密相连，而是像脱落的麦粒般散落一地。除非奇迹发生，除非有新的生命诞生。

　　抑或，已经实现的统一和真理那不可动摇的

清晰，本身就是死亡？而要真正感受内心，就必然伴随着神秘、存在的黑暗、无休止的叩问，以及与自我和他人的抗争。或许，我们只需明白这一点，并怀着敬畏之心对待神秘与矛盾——只要不停止抗争和追寻的脚步。

无论如何，此地之美确实是抚慰我不安心灵的良药。天气并不炎热，白日阳光明媚，夜晚也令人心旷神怡。我上午研读《奥赛罗》，下午则埋首于自己的书稿。唯一让我有些烦恼的是弗朗辛的热情款待，以及孩子们未能在我身边陪伴。十四岁，毕竟是个特殊的年纪。

我计划驾车于九月二日左右返回巴黎，用一天时间为四号的排练做准备。布朗夏夫妇将于周一来此，一睹光彩照人、温柔可亲的帕米娜的风采。演出季即将拉开帷幕。这也标志着你在我的个人剧场中的回归——我指的是我们将再次平静地相处一段时间。想到这里，我心中便涌起一丝欣悦。祝福你，我的爱人。你绝非混沌之人，你的存在如此真实，你的光彩和真诚更是无人能及。在我坠入永恒深渊之前，我定会在至高无上的主宰面前为你作证。此刻，先送上一个充满亲吻的天堂！

A.

当生活、死亡和否定并存时，仍然是令人钦佩的

我亲爱的：

今天中午我给你打过电话，但你那里无人接听。其实也没什么要紧的事，只是想告诉你一切都好，我正在努力工作。这里的极度孤独让我有些许不安，但也正因如此，我得以全心投入工作。现在是冬天，天气寒冷多雨。村子里空荡荡的，家家户户门窗紧闭，街道上也空无一人。除了午餐时间（我自己做饭），我几乎一整天都见不到任何人，只能在这栋寂静的大房子里来回踱步，在纸上涂写。你看，有点像斯塔夫罗金那样：他天生拥有野兽般的感性，却也能过着如同僧侣般的生活。

你发来的那份热情洋溢的电报温暖了我的心房。事实上，我一直都在想着你。请原谅我那天略微的失态。我应该更多地想着你，而不是沉溺于自怜之中。但偶尔让你看到我内心真实的想法也未尝不可——我一直为你担忧，为你焦虑，我从未停止过，不，我从未停止过珍爱你、钦佩你、守护你。

我多么希望你能重拾活力、力量和信念。你曾说的那种浪漫，是对生活的坚定信念，是确信生活不仅仅是庸常的琐事和庸俗之人，它总是充满惊喜，出人意料，每天都在重新开始。这种信念曾经是你身上最闪耀的光芒，对我而言，你一直是生命的化身，是它的光荣、勇气、耐心和光彩。你曾笑着对我说，你教会了我如何生活。这确实不假。我从你身上学到的，不仅仅是生活包含死亡和否定，更是它在与死亡和否定共存时，仍然是如此令人敬佩。我是通过注视着你如何生活，通过努力成为配得上你爱慕的我，努力达到你对我的期许，一点点不知不觉地学会的。

而现在，疲惫降临到你身上，这是十五年艰辛职业生涯的损耗，也夹杂着些许岁月的痕迹（多么微不足道），以及由此而来的，对这个时代令人窒息的平庸的清醒认知。但我将你不经意间传递给我的那个珍贵的秘密，深深地珍藏在心中。我为你珍藏着它，为了让你能在如今这段艰难的时光中重新找回它。我还为你保留着另一件珍宝：一颗没有你就无法自由跳动的心，一颗甚至无法承受失去你的哪怕是假设的心——这一点你早已知晓。

　　鼓起勇气，我温柔的爱人，我相信你，相信你的内心，相信你的勇敢。我只是为自己无法帮助你，无法带你远离所有困扰着你的一切而感到悲伤。相反，我却不得不离开。究竟是怎样一种可怕的职业，竟然迫使我必须放弃一切，才能重新获得创作的活力！但我不会想要其他任何职业，任何其他生活，任何其他心！

　　很快就能再见到你，我亲爱的。我深情地拥抱你。

　　　　　　　　　　　　　　　　　　　　A.

我早就想给你写信了，但一直被电话的铃声打断，因为菲利普去世了。不仅是苏珊娜不断转接报纸、电台等媒体的采访请求，还有两家新闻社不知从哪里弄到了我的号码，拼命想让我发表些回忆，或是声明之类的。

天哪，我能说什么呢，除了说这场离世令人无比悲痛。至于其他……生活本就是由一次次分离构成的，仅此而已。但我眼前浮现的，却是二十二岁的年轻菲利普，在我位于 NRF* 的办公室里，睁着一双充满渴望的眼睛对我说："把这个角色给我吧。我一定能演好。"这是多么不同寻常的命运，而且，从根本上来说，对他而言又是多么地不适

我要离开这些，上床做些无目的的梦

---

* NRF，指《新法兰西评论》（*Nouvelle Revue Française*），是一份有影响力的法国文学杂志。

合。但是，世上真的会有为谁量身定制的命运吗？而且，他是那么英俊。为什么一个英俊之人的离去，会比一个相貌平平的人更令人悲伤呢？不，甚至连这一点都无法确定。那些一无所有的人，他们的死亡才更加可怕。他曾拥有一切，除了这残酷而令人难以置信的命运。

我希望你能耐心忍受科克托的考验，尤其要注意不要让自己太过劳累。或许，你会从中找到某种解脱，从某种意义上来说，这对你会有好处。即便如此，那些"姑妈们"也应该付你应得的报酬，在我看来。他会立遗嘱，这是肯定的，但就像格罗克在马戏团的告别演出一样，每隔五年就要上演一次，直到他送走了一批又一批的同行，才最终谢幕。

你有没有听说，有人提议要自动授予所有诺贝尔奖得主法兰西学院的教席？而且，甚至都没有事先征求他们的意见。难道他们就不能因为这个诺贝尔奖而放过我吗？我感觉如果他们再这样纠缠下去，我真的会怒不可遏，我不知道自己会做出什么——也许会光着身子拿着那张证书在我想去的地方游荡，或者强奸一个小男孩，总之，他们正把我逼到这个地步。

除此之外，我仍在继续工作。有时进展很快，有时则略显迟缓，但我一直在前进——我不知道我写的东西究竟价值几何，但我很高兴自己没有像之前担心的那样失去记忆。我只需要集中精力，那些细节就会自然涌现——而我恰好拥有对细节的记忆，这在艺术创作中至关重要。无论如何，工作的时候，我总能重新找回一种力量，找回曾经拥有的独立，找回我作为我的自由。对我来说，没有其他更好的慰藉了。阿门。

好了。我写这封信主要是为了让你在工作之余稍作放松，也为了在我们彼此都无法开口或书写的时候，让其中一人替我们两人说说话。我一直在想着你，很久很久，你是我心中温柔的牵挂，我爱你这个人，以及你的一切。我用我全部的爱意拥抱你，我亲爱的。

A.

1959 年 11 月 26 日，星期四早上

我重读了这封信。写得简直一团糟。我昨晚太累了。工作带来的压力，日复一日、静止而孤独的压力，在某种程度上是极其消耗人的。但我睡得很好，也做了些体育锻炼，还散步了一个小时，我的身体状况还不错。只是到了晚上，我只想上床睡觉，做些无目的的梦。

星期六，我将去马赛观看《群魔》的演出，星期天早上返回。这或许能让我放松一下，虽然我并不是很喜欢那个剧团，他们演得实在有些乏味。但是，正因如此，我反而会更加高兴地回到我的住所，重新投入到工作中。我曾模模糊糊地想过邀请他们来这里做客，但我最终还是放弃了这个念头。你知道巡演打破了所有票房纪录吗？

皮埃尔·弗兰克兴高采烈地打电话告诉我，在波尔多票房收入高达一百四十万，在图卢兹更是达到了一百六十万，这些剧院似乎从未有过如此高的收入。就我个人而言，这些对我来说无关紧要，因为这部剧对我而言早已落下帷幕。但我为弗兰克感到高兴，也为安托万感到高兴（当然，是出于完全不同的理由）。

好了。再见，我温柔的爱人。我希望你的苦难即将结束——我轻柔地舔舐着你美丽的伤口，我美丽的殉道者！

A.

最后一封信

好的。这是最后一封信了。只是想告诉你，我将于星期二乘车抵达，星期一会和伽利玛出版社的人一同启程返回（他们会在一号星期五途经这里＊）。我抵达后会立刻给你打电话，或许我们可以在星期二共进晚餐。如果方便的话，我会在路上提前预订好餐厅。

我已经送给你无数温柔的祝福，衷心祝愿新的一年里，生命的光彩依然在你身上绽放，照耀着我深爱多年的那张可爱的脸庞（当然，我也喜欢它

＊ 阿尔贝·加缪自 1959 年 11 月 15 日起便在卢尔马兰安顿下来，并于 1960 年 1 月 3 日与珍妮·伽里玛和安妮·伽里玛一同乘坐米歇尔·伽里玛的汽车离开住所前往巴黎。弗朗辛·加缪则于前一天乘坐火车先行返回。1 月 4 日，阿尔贝·加缪在途中短暂休息后，于蒙特罗（约讷省）附近的维勒布勒万遭遇车祸，不幸当场身亡。五天后，米歇尔·伽里玛也在医院与世长辞。

225

偶尔流露出的忧郁，以及你各种各样的神态举止）。我将你的雨衣小心地叠好放入信封，并将我心中所有的阳光都一同装了进去。

很快就能见面了，我的美人。一想到即将与你重逢，我就感到无比欣喜，甚至在给你写信的时候也不禁露出了笑容。我已放下手中的工作，不再伏案（这几天接待了太多家人和亲友！）。

因此，我没有任何理由再压抑自己的笑容，也不再有理由剥夺自己去享受我们共度的美好夜晚，以及我远离的深爱的故土。我吻你，紧紧地拥抱你，直到星期二的重逢，那时我将重新开始我的人生。

A.